Bianca

PROMESA DE SEDUCCIÓN

MAISEY YATES

Editado por Harlequin Ibérica.
Una división de HarperCollins Ibérica, S.A.
Núñez de Balboa, 56
28001 Madrid

I.S.B.N.: 978-84-687-8509-7
Depósito legal: M-28253-2016
Impresión en CPI (Barcelona)
Fecha impresion para Argentina: 1.5.17
Distribuidor exclusivo para España: LOGISTA
Distribuidores para México: CODIPLYRSA y Despacho Flores
Distribuidores para Argentina: Interior, DGP, S.A. Alvarado 2118.
Cap. Fed./Buenos Aires y Gran Buenos Aires, VACCARO HNOS.

Prólogo

EL DESFILE de ofrendas era interminable. Muestras de las riquezas de Tirimia presentadas ante el rey Kairos como si fuera un niño y aquella fuese la mañana de Navidad. Cestas llenas de las mejores frutas, cultivadas en los huertos del país vecino de Petras, obras de arte y joyas de los más celebrados artistas. Pero los embajadores de Tirimia habían reservado el regalo más espectacular para el final.

Kairos, sentado en el trono, miraba a los hombres que esperaban un gesto de admiración mientras presentaban el último regalo, al que llamaban «la joya de la colección».

–Esto le gustará, Majestad –estaba diciendo un hombre llamado Darius–. Una muestra de la belleza y gracia de Tirimia para que las relaciones entre Petras y Tirimia sigan siendo provechosas. La representación de lo lejos que hemos llegado desde la revolución. Fue sangrienta y no podemos borrar la historia, pero sí podemos demostrar que estamos dispuestos a pasar página.

Darius hablaba de la caída de la monarquía de Tirimia quince años atrás. Kairos no estaba entonces en el trono, pero su padre se había asegurado de que conociese bien la historia. Entonces los rebeldes de Tirimia habían sido una amenaza para las fronteras de Petras y recuperar la confianza entre las dos naciones estaba siendo un proceso lento; por eso les había concedido audiencia aquel día. Estaba recién instalado en el trono de Petras como rey y los dignatarios de Tirimia parecían dispuestos a impresionarlo.

Era una pena que Kairos no fuese fácilmente impresionable. Pero Tirimia poseía recursos naturales en los que sí estaba interesado y una guerra nunca era buena para ningún país, por eso observaba el desfile de ofrendas intentando disimular su impaciencia.

—Como prueba de la buena voluntad entre nuestros dos países —estaba diciendo Darius, con tono obsequioso—, le presento a la princesa Zara.

Las puertas del salón del trono se abrieron en ese momento y allí, en el centro del pasillo, flanqueada por dos hombres altísimos, Kairos vio a una mujer. Llevaba las manos delante del cuerpo, dos brillantes esposas de oro relucían en sus muñecas.

Por un momento se preguntó, alarmado, si estaba esposada. Luego ella empezó a caminar dejando caer las manos a los costados y Kairos disimuló un suspiro de alivio. Su pelo era muy largo, oscuro, sujeto en una trenza que se movía con cada paso. Su rostro estaba maquillado con puntitos dorados sobre las cejas y bajo los ojos. Poseía una exótica belleza que no encendía ningún fuego en él. No se parecía nada a su fría y rubia esposa, Tabitha, la única mujer a la que había deseado en toda su vida. La mujer que había decidido saltarse aquella importante audiencia.

Deseó que Tabitha estuviera allí para ver aquello, para ver que le regalaban una mujer. Se preguntó si sus ojos azules arderían de celos, si serían capaces de arder con alguna emoción.

Seguramente se quedaría inmóvil, pasiva. Incluso podría sugerir que aceptase el regalo. Tan poca era la estima que sentía por él en esos días.

Kairos ignoró una punzada de pesar.

–Debe de ser un error –dijo luego–. No pretenderán regalarme un ser humano.

Darius abrió los brazos.

–No necesitamos una princesa en Tirimia. Ya no.

–¿Y por eso pretenden regalármela a mí?

–Para que haga con ella lo que quiera, preferiblemente que la tome por esposa.

Otra esposa. No se le ocurría nada peor.

–Lamento decirle que ya tengo una esposa.

Aunque no lo lamentaba en absoluto.

–Si no quiere tener más que una esposa, también nos parecería aceptable que la aceptase como concubina.

–Tampoco tengo intención de tomar concubinas –replicó Kairos con sequedad.

–Si vamos a abrir nuestras fronteras con Petras, exigimos un lazo de sangre. Solo así estaremos seguros.

–Y yo pensando que Tirimia había entrado en la era moderna –murmuró Kairos, irónico, mirando a la mujer morena que irradiaba energía, pero se mantenía en silencio, con la cabeza baja–. A mí me parece una contradicción.

–Aunque nuestro país es viejo, nuestro sistema de gobierno es joven y el maridaje entre tradición y modernidad es, como mínimo, torpe. Debemos mantener contenta a la gente mientras nos movemos hacia el futuro. Me imagino que podrá entenderlo.

A Kairos se le ocurrió una idea: Andres.

Sería una ocupación perfecta para él. Y una pequeña venganza por la traición de su hermano. Y también sería bueno para el país.

–Como he dicho –siguió Kairos, mirando a los dignatarios–, ya tengo una esposa. Sin embargo, mi hermano necesita una urgentemente. Zara será perfecta para él.

Capítulo 1

VOLVER al palacio de Petras nunca había sido algo agradable para Andres. Él prefería sus diferentes áticos por todo el mundo: Londres, París, Nueva York. Y una hermosa mujer en cada uno. Era un cliché, pero se sentía cómodo siéndolo y le resultaba divertido.

Petras nunca era ni la mitad de divertido. Era allí donde su hermano, Kairos, usaba su puño de hierro, no contra la gente de Petras, sino contra él. Como si siguiera siendo un niño al que debía tomar de la mano y no un hombre de más de treinta años.

Habitualmente, su estancia en el palacio seguía una aburrida rutina: visitas a hospitales y apariciones públicas donde cada una de sus palabras era cuidadosamente elegida. Cenas con su hermano mayor y su esposa, tan tediosas como incómodas, y largas noches en su vasta cámara real... solo; porque Kairos no aprobaba que llevase a sus amantes a los sagrados pasillos de la familia Demetriou. Aunque eso tenía menos que ver con una cuestión de buenas formas y más con que Kairos quería castigarlo por pasados errores de un millón de formas diferentes hasta el día que muriese.

Y, por eso, lo que descubrió al entrar en su habitación, fue más sorprendente.

Entró quitándose la corbata, que lo ahogaba como todo allí, y cerró la puerta tras él. Y entonces se quedó helado porque allí, en medio de la cama, con las rodillas apoyadas en el pecho y el largo cabello negro cayéndole en cascada sobre los hombros, había una mujer. Se miraron durante unos segundos, en silencio. Luego ella se incorporó de un salto y apoyó la espalda contra el enorme cabecero labrado.

Aunque no había sido invitada, tampoco parecía muy entusiasmada por estar allí. Y esas dos cosas eran una anomalía.

—¿Quién eres? —le preguntó—. ¿Qué haces aquí?

Ella levantó la barbilla en un gesto desafiante.

—Soy la princesa Zara Stoica de Tirimia.

Andres sabía que la familia real de Tirimia había sido expulsada del trono durante una sangrienta revolución cuando él era adolescente. No sabía que hubiese supervivientes y mucho menos una princesa que parecía más una criatura asilvestrada que una mujer.

Su piel bronceada estaba maquillada con polvo de oro, enmarcando sus ojos y sus cejas. Sus labios eran de un rosa profundo, diseñado para tentar, pero Andres intuía que dejarse tentar por ella podría ser un error. Parecía tener más intención de morderlo que de besarlo. El pelo caía despeinado por su espalda, como si se hubiera peleado con alguien o como si hubiera dado placer a un amante.

—Parece que está en el palacio equivocado, Alteza.

—No —respondió ella con sequedad—. Soy prisionera en mi propio país y me han traído aquí como regalo para el rey Kairos.

Andres enarcó las cejas, sorprendido.

—¿Estás diciendo que mi hermano te envía como regalo?

—Eso parece.

Evidentemente, ella no veía el humor de la situación. Claro que si él fuese de mano en mano como un objeto no deseado tampoco se lo vería.

—¿Te importaría esperar aquí un momento? –le preguntó.

Su expresión se volvió aún más tormentosa.

—No estaría aquí si pudiese elegir. No tengo nada que hacer más que esperar.

—Estupendo –Andres se volvió para salir de la habitación, en dirección al despacho de Kairos. Sin duda encontraría a su hermano estudiando algún documento importante, con aspecto grave y serio. Como si no acabase de regalarle una mujer a su hermano.

Abrió la puerta del despacho sin llamar y, como se había imaginado, Kairos estaba sentado tras su escritorio, trabajando.

—Tal vez te gustaría explicarme qué hace una mujer en mi cama.

Kairos no levantó la mirada.

—Si tuviera que explicar todas las mujeres que pasan por tu cama no podría hacer otra cosa.

—Tú sabes a qué me refiero. Hay una criatura arriba, en mis aposentos.

Kairos levantó la mirada entonces.

—Ah, sí, Zara.

—Sí, una princesa. Dice que está prisionera.

—Es más complicado que eso.

—Pues explícamelo.

Kairos esbozó una sonrisa, algo raro en él.

—Me la entregaron como regalo unos dignatarios de Tirimia. Como sabes, estoy intentando restablecer el comercio con ese país. Son nuestros vecinos y estar enemistados podría ser peligroso –la expresión de Kairos se volvió seria de nuevo–. Nuestro padre no quería tender puentes entre ambos países, pero yo quiero devolver a Petras su perdida gloria y esta podría ser una forma de hacerlo.

—¿Aceptando una mujer como regalo, como si fuera un reloj de oro?

—Así es. Feliz Navidad con unas semanas de antelación.

—¿Quieres que la meta en mi bolsillo y le pregunte la hora? —bromeó Andres.

—No digas tonterías. Vas a casarte con ella.

—Ah, ya entiendo. ¿Esta es tu venganza?

—Debo dirigir un país. No tengo tiempo para vengarme de nadie en detrimento de mi gente. Puede que disfrute un poco de tu indignación, pero debes casarte con ella.

—No tienes razones para seguir enfadado conmigo. Estás mejor con Tabitha que con Francesca.

—Eso es discutible —murmuró Kairos.

Andres sabía que su hermano y su mujer no estaban locamente enamorados, tal vez por las circunstancias que habían rodeado su matrimonio, pero era la primera vez que Kairos hablaba negativamente de la situación.

El hecho de que Tabitha, una vez la ayudante de su hermano, hubiera resultado ser una buena reina era una razón por la que Andres había podido absolverse a sí mismo por su indiscreción con la primera prometida de Kairos cinco años atrás, en la suite de un hotel en Montecarlo.

Estaba tan borracho que no recordaba lo que había pasado entre Francesca y él, pero las numerosas fotos y el vídeo que corría por Internet al día siguiente no dejaban lugar a dudas. Kairos se había visto obligado a cancelar la boda, humillado por su prometida y su propio hermano. No amaba a Francesca y no estaba furioso porque hubiera destrozado sus ilusiones, sino por tan pública y deshonrosa humillación.

Poco después, anunció su compromiso con Tabitha y la boda real tuvo lugar tal y como había sido planeada, pero con una novia diferente. Todo escondido bajo la alfombra, como si no hubiera pasado nada. Por eso había sido fácil para Andres olvidar el papel que él había hecho en aquella debacle.

Pero si las cosas con Tabitha no eran como parecían ser...

—¿Y qué tiene eso que ver conmigo? —le preguntó.

—Necesito tu ayuda para salvaguardar las relaciones entre Tirimia y Petras. La princesa Zara resuelve ambos problemas. Tienes que madurar de una vez y sentar la cabeza, Andres. He sido paciente contigo incluso después de lo que me hiciste. Mientras tú te dedicas a darte la gran vida por todo el mundo, yo me he hecho cargo de la responsabilidad de gobernar nuestro país.

—¿Y piensas cargarme con una mujer que parece estar aquí contra su voluntad?

—Tú sabes que tienes que casarte tarde o temprano. Eso no es una sorpresa para ti.

—Pero pensé que tendría algo que decir sobre la elección de la novia.

Kairos golpeó el escritorio con la palma de la mano.

—Los hombres como nosotros no pueden elegir. Tú le has dado la espalda a tus responsabilidades, pero yo no he podido contar con ese lujo. Uno debe casarse con la persona apropiada, no por amor. Sí, supongo que en realidad debería estarte agradecido. Me evitaste el escándalo de tener que divorciarme de Francesca, pero elegí a Tabitha a toda prisa y... es posible que tengamos entre manos algo más serio que un simple problema marital.

—¿No eres feliz?

—Nunca había esperado ser feliz. No necesito serlo —Kairos se pasó las manos por las sienes—. Lo que necesito es un heredero. Puede que no te hayas dado cuenta, pero no lo tengo. En cinco años nunca hemos intentado evitar el embarazo... en fin, seguramente esto no te interesa, pero ahora ya sabes cómo están las cosas.

–¿Qué quieres decirme? Tienes que hablar más claro.

–Puede que el próximo heredero al trono de Petras dependa de ti. Eso significa que debes casarte con una princesa.

–¿Esperas que abandone mi soltería y empiece a tener herederos a toda velocidad?

Kairos hizo un gesto con la mano.

–No te pongas dramático. Evidentemente, será un matrimonio de conveniencia, aunque tendrás que ser más discreto. Mientras la trates con respeto no tienes por qué prometerle fidelidad.

–No tengo práctica con la fidelidad. No apostaría mi vida en ello.

–Tú sabías que algún día tendrías que hacerte responsable de tu puesto y ese día ha llegado. Nuestro padre no esperaba nada de ti, pero yo espero que cumplas con tu obligación.

–No sabía que tuviese que cumplir con ninguna obligación... a menos que tú murieses.

–Desgraciadamente para ti, no es el caso. Te necesito por razones políticas y prácticas –insistió su hermano, enfadado.

–Si las cosas van tan mal con Tabitha, ¿por qué no te divorcias y buscas una mujer que pueda darte los hijos que necesitas?

Kairos se rio, fue un sonido hueco, amargo.

–No puedo deshacerme de mi mujer porque no me haya dado hijos. Sería crucificado por la prensa. Además, he hecho promesas matrimoniales y pienso cumplirlas. Lo siento, pero es hora de expiar tus pecados, hermanito.

Andres estaba muy satisfecho de sus pecados y no tenía intención de expiar ninguno. Salvo el de Francesca. Si pudiese dar marcha atrás en el tiempo...

–Olvidas algo muy importante.

–¿A qué te refieres?

–Ella no quiere casarse conmigo. Me ha quedado claro en cuanto la he visto en mi habitación. Estamos secuestrando a una mujer.

–Si volviese a Tirimia, su vida correría peligro –respondió Kairos–. Está más segura aquí.

–Es medio salvaje. ¿Qué esperas que haga con ella?

–Eres un famoso playboy, ¿no? No necesitas que te diga qué hacer con una mujer.

–No es una mujer, es una criatura salvaje.

Andres recordó ese cabello oscuro despeinado, los ojos brillantes de furia, el gesto de ira. ¿Ellos iban a ser una pareja real? Haría falta una mujer dócil como Tabitha para convencer al público de que había cambiado.

Kairos se rio, algo aún más raro en él que una sonrisa.

–Soy un hombre casado, pero hasta yo he podido ver que tiene suficientes encantos como para recomendarla. Es preciosa, aunque no muy sofisticada.

–Me quedé tan sorprendido al verla en mi habitación que no me fijé en si era o no guapa.

Mentira. No era ciego y había visto sus curvas, sus generosos labios, tan sensuales. Aunque parecía capaz de atacarlo si se acercaba, era una mujer muy bella.

–Mi palabra es la ley –anunció Kairos–. Y estás en deuda conmigo, hermano. Convéncela, dómala, sedúcela. Me da igual, pero te casarás con ella.

Andres apretó los dientes. Esa conversación le parecería irreal si no hubiera sospechado que algún día su hermano le diría cuál iba a ser su destino. Era un príncipe, el segundo hijo de un rey. Siempre había sabido que no podría escapar del matrimonio, de los hijos. Solo era una cuestión de tiempo. Y el tiempo se había terminado.

–¿Alguna cosa más, Majestad? –preguntó, con tono burlón.

–No tardes mucho.

Capítulo 2

LA PRINCESA Zara Stoica, heredera de ningún trono, estaba cansada de sufrir los caprichos de los hombres. Por culpa de los hombres había sido arrancada de palacio siendo una niña, enviada a vivir en un bosque con los nómadas, a salvo gracias a su secular tradición de honor y hospitalidad. Eran hombres los que la habían secuestrado quince años después, y utilizado como peón para una supuesta unión política entre dos países. Por supuesto, también había sido un hombre, sentado en el trono de Petras, quien había decidido que era aceptable entregársela a su hermano como si fuera un regalo.

No era una sorpresa que aquella habitación fuese la de otro hombre, que le había dado un susto de muerte entrando sin avisar.

Se le ocurrió entonces que la habían instalado en la habitación del príncipe Andres, el hombre con el que debía casarse. Esa idea hizo que un escalofrío la recorriese de arriba abajo.

Se sentía inquieta encerrada en aquella habitación. Desde la ventana podía ver la ciudad, pero eso no la consolaba. Casas pegadas unas a otras, rascacielos detrás, coches recorriendo las carreteras como una línea de hormigas mareadas buscando comida desesperadamente. Ella prefería el aire fresco y limpio de las montañas, el silencio que se colaba entre las ramas de los árboles. Era insufrible ver pasar el tiempo encerrada en una habitación.

Se echó hacia atrás en la cama, hundiéndose en el suave edredón, una comodidad a la que no estaba acostumbrada.

Vivir en caravanas no era incómodo, pero no se parecía nada a aquello. Y cuando los nuevos líderes de Tirimia la llevaron de vuelta al viejo palacio no la instalaron en una habitación tan lujosa.

Zara miró el techo con molduras doradas y la enorme lámpara de araña que colgaba en el centro. No recordaba haber visto una lámpara de araña en el palacio de Tirimia, un país mucho más modesto que Petras, incluso antes de la revolución.

Experimentó una sensación de angustia mientras saltaba de la cama. No quería que un hombre, ningún hombre, fuese o no el príncipe Andres, la encontrase en la cama de nuevo. Inquieta, paseó por la habitación antes de volver sobre sus pasos para detenerse frente a una puerta cerrada. Empujó el pomo y encontró un enorme cuarto de baño al otro lado.

Era mucho más moderno que el resto de la estancia y la reluciente bañera hizo que suspirase. Anhelaba tanto sumergirse en agua caliente como anhelaba el bosque. Era una tentación, pero si ser descubierta en una cama que no era la suya había sido humillante, que la encontrase en el baño sería aún peor.

Zara se acercó a un tocador en el que había varios frasquitos de cristal y se preguntó por qué tendría un hombre tantas cremas y perfumes. Quitó la tapa de uno de ellos y se lo llevó a la nariz. Era una colonia que olía a sándalo y otras especias. Intentó recordar si el hombre que había entrado en la habitación olía de ese modo, pero no lo recordaba.

Dejó el frasquito y tomó otro que contenía una

crema perfumada. Dejándose llevar por la tentación, se echó un poco en el hueco de la mano y disfrutó de la agradable sensación. Su piel se había vuelto áspera después de tantos años viviendo al aire libre, aunque ella lo consideraba una señal de fuerza.

–¿Qué haces?

Zara se volvió bruscamente, apoyándose en el tocador y tirando unos frasquitos sin darse cuenta.

–Estaba aburrida –respondió. El hombre que había entrado antes estaba en la puerta, mirándola con expresión seria.

Ella estaba acostumbrada a los hombres formidables con los que se había criado. Algunos los llamaban «gitanos» por su estilo de vida nómada, pero en realidad eran parte de un grupo minoritario que se aferraba a sus antiguas costumbres. No era una cultura guerrera en el sentido tradicional, pero sí fieramente protectora del campamento y de su gente.

El rudo exterior de esos hombres no podía ser más diferente al aspecto sofisticado y elegante de aquel extraño. Debería parecerle mucho más civilizado y, sin embargo, era esa capa de distinción lo que le daba miedo. Porque intuía algo profundo bajo el traje, algo soterrado, escondido.

Y eso no le gustaba nada. En el campamento se sentía protegida, segura de su entorno. Su pequeño mundo contenía el bosque, su caravana, las hogueras y la gente a la que conocía desde niña.

Pero allí estaba, en un país extraño, frente a un moreno y alto desconocido cuyo elegante traje de chaqueta no podía ocultar un torso ancho y fuerte. Tenía el mentón cuadrado, las cejas oscuras, la boca ancha. Era bello como un predador. E igualmente letal, pero le resultaba imposible apartar la mirada. Nunca en toda su vida se había sentido tan cautivada por un hombre. Los que había conocido hasta ese momento podían dividirse en dos categorías: aquellos con los que había crecido y aquellos a los que consideraba sus enemigos.

Aquel hombre no entraba en ninguna de esas categorías y eso lo hacía único. Esperaría antes de juzgarlo. Podría ser peligroso, pero también un aliado. Dos meses antes, cuando la secuestraron del campamento, había entendido que tenía muy pocas opciones. Si intentaba escapar de sus captores y volver al clan, ellos serían castigados. Un pobre pago por haber recibido comida, ropa y refugio durante los últimos quince años. Escapar y quedarse en Petras tampoco era factible. No tenía dinero ni documentos que la identificasen. No conocía el país, no sabía conducir y no tenía amigos.

Tendría que hacer algún amigo, pensó.

Zara miró al hombre que estaba en el quicio de la puerta, preguntándose si podría ser su amigo.

No serviría de nada pelearse con él. Tendría que ser dócil... hasta cierto punto. Esperar hasta que llegase el momento de dar el paso. Fuera el que fuera.

−¿Estabas aburrida? −repitió él.

−No sé cuánto tiempo llevo aquí, pero me ha parecido un siglo.

−Tal vez deberíamos empezar de nuevo. Soy el príncipe Andres y parece que vamos a casarnos.

Zara experimentó una inexplicable oleada de calor.

−¿Ah, sí?

Esas palabras confirmaban sus sospechas. Él era el propietario de aquella habitación y en esos momentos también era su propietario.

−Eso me han dicho −Andres arqueó una ceja−. Tal vez te gustaría seguir con esta conversación en un sitio más cómodo.

El estómago de Zara emitió un ruido de protesta, el sonido hizo eco en el cuarto de baño.

—Tengo hambre —explicó.

—Eso puede arreglarse.

Andres no tardó mucho en procurar la prometida comida: una bandeja con carnes, quesos y frutas que un criado llevó a la habitación. Zara se encontró sentada en la cama de nuevo, con las piernas cubiertas por una manta, dándose un banquete.

Notaba la mirada masculina clavada en ella mientras comía en silencio. Paseaba por la habitación mirándola de soslayo, como si fuese una criatura peligrosa, y parecía tan desconcertado y molesto por la situación como ella.

Y eso, unido a la sensación placentera de la comida, la hizo sentirse poderosa. Sus necesidades siempre habían sido sencillas. Al menos lo habían sido desde que la enviaron a vivir con los nómadas a los seis años. Habían sido sencillas por necesidad, pero últimamente se habían reducido aún más. Calor, comida, refugio. Teniendo esas tres cosas sabía que podría salir adelante.

Buena comida, sábanas de seda, cremas... todo eso era extravagante para ella. ¿Y un poco de poder? Una guinda en tan inesperado pastel.

—¿Cuándo comiste por última vez?

—Esta mañana.

—Estás demasiado delgada —comentó Andres.

Sus palabras la ofendieron, aunque no sabía por qué. En el clan estaba bajo la protección del líder, Raz, quien había prohibido que ningún hombre la tocase o mirase de forma poco respetuosa, de modo que nunca había prestado demasiada atención a su aspecto.

—Creo que mis captores no se preocupaban demasiado por la calidad de mi comida.

—¿De verdad eras su prisionera?

—Me sorprende que te importe. A tu hermano no

parecía preocuparle en absoluto. Me aceptó como si fuese una cesta de frutas.

–No eres una cesta de frutas, eso es evidente.

–Me han pasado de unos a otros como si lo fuera.

Zara hizo una mueca de indignación. Una vez había sido una princesa, miembro de la familia real de Tirimia. Antes de ser arrancada del seno de su familia, estar en un palacio como aquel sería su derecho.

–Supongo que debo agradecer que nadie haya intentado... probar las uvas, por así decir.

Al levantar la mirada se encontró con los ojos oscuros y el brillo que había en ellos la golpeó directamente en el estómago.

–Sí, eso hubiera sido una vergüenza. Me alegro de que tus uvas sigan... intactas.

–Sorprendente en estas circunstancias, diría yo.

–Una vez fuiste la princesa de Tirimia –dijo él, con un tono vagamente acusador.

–He sido reemplazada, pero no por otra princesa sino por un falso gobierno que finge preocuparse por la libertad del pueblo cuando, en realidad, solo están interesados en su propio poder.

–Pensé que toda la familia real había sido asesinada durante la revolución.

Zara sintió una oleada de frío en el corazón. Le ocurría siempre que pensaba en su familia, en sus padres, en su hermano mayor. Los recuerdos habían empezado a desvanecerse como viejas fotografías, pero lo que quedaba era tan duro y terrible como siempre; esa sensación helada cuando supo de su destino. Tan fría como la propia muerte. Había tardado meses en volver a ser ella misma. Meses en volver a sentir algo más que ese frío que se había apoderado de su pecho.

–Evidentemente, no fue así –respondió con voz estrangulada–. Todos los demás... mi madre, mi padre, mi hermano, todos fueron asesinados. La doncella personal de mi madre tenía familia en el bosque, gente que practicaba antiguas costumbres. Me llevó con ellos y me han protegido y cuidado durante todos estos años.

–Hasta ahora –dijo Andres.

–No fue culpa suya. Me secuestraron durante una emboscada.

–¿Y no puedes volver con ellos?

Zara sopesó la respuesta y las posibles implicaciones. Si decía que sí, ¿la ayudaría a escapar o insistiría en casarse con ella?

La idea de un matrimonio le resultaba ridícula, absurda. Ella no estaba preparada para ser la esposa de nadie y no tenía interés en ello. De hecho, le parecía una pesadilla volver a llevar una corona, ocupar un trono...

Sería como tener una diana en la espalda y estaría en un pedestal donde sería un objetivo fácil.

Había vivido esa pesadilla una vez y no tenía intención de revivirla. Debería decirle que la llevase a su casa... pero no podía volver. Era demasiado peligroso y egoísta. Los nómadas la protegerían con sus vidas, y era muy probable que sus vidas fuesen el precio.

Según Raz, su padre había sido un hombre de profundas convicciones que luchaba por cambiar las anticuadas costumbres de Tirimia. Entre otras cosas, había hecho un pacto con la tribu de Raz para preservar su soberanía dentro del país.

Y por eso había sido asesinado.

Por lealtad y respeto hacia su padre, Raz había arriesgado a su tribu para protegerla a ella. No, no volvería a ponerlos en peligro. Tendría que rescatarse sola.

–No puedo volver con ellos, sería demasiado peligroso.

–Estupendo –comentó Andres, aunque su tono parecía decir todo lo contrario.

–Pero no me casaré contigo –Zara tomó una uva de la bandeja, sujetándola entre el pulgar y el índice–. No tengo el menor deseo de casarme.

–¿Por qué? –preguntó él, quitándole la uva de los dedos–. ¿Te preocupa que caten tus uvas? –cuando metió la fruta en su boca, Zara se sintió extrañamente transfigurada.

–No te conozco –consiguió decir.

–Tenemos mucho tiempo. Puedes hacer una lista de razones.

–No tendré una lista completa hasta que te conozca mejor.

–Creo que lo que acabas de describir es el matrimonio: dos personas que no se conocen bien y están cegadas hacia los defectos del otro hasta que el tiempo y la proximidad los fuerza a reconocer que han elegido mal.

–Haces que suene tan apetecible... –bromeó ella, inclinándose para tomar un higo de la bandeja.

–No soy un gran creyente en la institución del matrimonio.

–Entonces ¿por qué vamos a casarnos?

–Porque mi hermano ha dicho que ha de ser así y así será. Pertenecer a una familia real sin ser el heredero, tiene muchas ventajas, y una de ellas es que he podido olvidarme de mis responsabilidades hasta pasados los treinta y dos años, mientras Kairos ha tenido que llevar sobre los hombros el peso del deber, el honor y todas esas cosas que me hacen sentir escalofríos. Lo malo es que también yo estoy bajo su mando –Andres clavó en ella sus ojos oscuros. Estaba muy cerca. Demasiado cerca.

Y olía a esa colonia que había encontrado en el cuarto de baño.

–Entiendo –murmuró Zara, con un nudo en la garganta–. ¿Vas a decirme que también tú eres un prisionero?

Andres se irguió y ella casi suspiró de alivio. Por alguna razón, tenerlo tan cerca la turbaba de una forma inexplicable.

–No, no soy un prisionero, solo un príncipe. Eso significa que hay ciertas expectativas que debo cumplir. He pasado la última década y media viviendo una vida depravada y, en general, dando la espalda a mis responsabilidades. Pero todos tenemos que enfrentarnos a nuestro destino tarde o temprano y tú eres el mío.

Qué arrogante. Llamarla «su destino» cuando había sido secuestrada y llevada allí contra su voluntad... hablar de deberes como si fueran una pesada carga cuando su padre había perdido la vida luchando por lo que creía justo. ¿Qué hacía aquel hombre con su puesto? Nada, aparentemente.

–Hablas de ser un príncipe con desdén. Yo soy una princesa, pero me he visto obligada a vivir escondida por culpa de mi título. Mis padres fueron asesinados porque eran reyes y tú te quejas de ser forzado al matrimonio por tu hermano. Lamento mucho que tu vida de placeres vaya a ser interrumpida por el deber.

–¿Debería ofrecer mi cuello a la guillotina en lugar de mi mano en matrimonio?

–Mis padres murieron cumpliendo con su deber –insistió ella.

–Y lo siento, pero no siento no tener que enfrentarme a los mismos peligros. Este no es el mismo país y yo no me encuentro en la misma situación.

–Tienes muchas oportunidades y, sin embargo, hablas de tu posición con una gran falta de respeto.

–Y aun así, tú serás mi mujer.

–Nunca –afirmó ella, sabiendo que debía parecer la criatura salvaje que él creía que era.

–¿Cuáles son tus opciones, *agape*? –le preguntó Andres, usando un término cariñoso que la sorprendió–. Tú misma has dicho que no puedes volver a casa. ¿Dónde irías si no te quedases aquí conmigo?

Zara intentaba encontrar una respuesta, pero no se le ocurría ninguna.

–A ningún sitio –dijo Andres por ella–. La infelicidad por culpa de un matrimonio forzado podría ser peor que la muerte, pero hemos chocado contra un muro, no tenemos alternativa.

–Siempre hay alternativa –replicó ella. No sabía de dónde salía esa convicción, pero estaba segura de que era cierto–. Yo vivo gracias a esa verdad. Porque en lugar de rendirse, la doncella de mi madre decidió salvarme. Porque en lugar de enviarme de vuelta al palacio, el clan decidió cuidar de mí. Siempre hay alternativa, uno puede elegir.

–Supongo que tienes razón –asintió él, su oscura mirada era demasiado intensa–. Pero esta es mi elección. Estoy en deuda con mi hermano y es una deuda de honor. No estoy en posición de desobedecer sus órdenes y he decidido obedecerlas.

–¿Y mis opciones?

–Me temo que, en esta situación, tus opciones son mínimas. No voy a mentirte.

–¿Mínimas? Nulas, más bien.

Andres se encogió de hombros, como desdeñando la protesta.

–Tal vez, pero es la realidad. Te guste o no, tú, la princesa Zara Stoica, serás mi esposa para Navidad.

Capítulo 3

ALTEZA.

Andres levantó la cabeza para mirar al criado que estaba en la puerta del despacho con expresión preocupada. Andres y Kairos habían pasado la tarde jugando a las cartas y bebiendo whisky. Posiblemente evitando a las mujeres de sus vidas.

Aún no se podía creer que hubiera una mujer en su vida, aparte de las temporales compañeras de cama. Zara era, aparentemente, su prometida, pero no la quería en su cama por el momento.

No podía imaginarse acostándose con esa criatura como no podía imaginarse metiendo la mano a propósito en las fauces de un león. Otra razón por la que había pedido al personal que la instalase en otra zona del palacio.

Había pasado parte de la noche hablando de ese matrimonio con Kairos. Por supuesto, serían meras figuras decorativas, aunque activamente involucrados en eventos sociales, algo particularmente importante ya que podrían ser ellos los que diesen un heredero a la corona.

Pero eso significaba que debían ser tan respetables como Kairos y Tabitha, algo sobre lo que Andres tenía serias dudas.

Y su inquietud aumentó al ver la expresión preocupada del criado.

—La princesa Zara se niega a mudarse de habitación.

Andres tiró las cartas sobre la mesa.

—¿Cómo que se niega?

El hombre se aclaró la garganta.

—Se ha mostrado muy... insistente. Dice que está cómoda donde está.

Kairos emitió un bufido.

—¿Ya se niega a dejar tu cama?

Parecía... envidioso, celoso tal vez. Pero no podía estar más equivocado.

—No es eso.

Kairos enarcó una ceja y Andres reconoció sus propias facciones en el hombre que lo miraba. Era raro ver el parecido entre su hermano y él, pero lo veía en ese momento.

—Mi mujer tiene su propia habitación.

—Y la mía la tendrá también —dijo Andres—. Tal vez lo mejor sea una jaula de oro. Una con candado —añadió, dejando escapar un suspiro—. No sé cómo esperas que la convierta en una princesa.

—Es una princesa —le recordó Kairos.

—Ya sabes a qué me refiero.

—He pensado que tal vez necesites tanta energía para domarla que acabes domándote a ti mismo en el proceso.

Andres fulminó a su hermano con la mirada. Tal vez podría domar a Zara, pero el suyo era un caso perdido. Sin decir nada, se dirigió hacia la puerta y el criado se apartó.

—Si tú no puedes hacer que salga de la habitación, tendré que hacerlo yo mismo.

Subió los escalones de mármol de dos en dos y se dirigió en tromba hacia la habitación, pero, cuando empujó la puerta, su futura esposa no estaba por ningún lado. La puerta del baño se hallaba abierta y cuando asomó la cabeza oyó un grito, luego un chapoteo... y en la bañera había una mujer muy mojada y muy indignada.

–¿Qué haces aquí? –exclamó, como si fuera ella la princesa y él un simple criado.

En fin, siendo justo, ella pertenecía a la realeza. Pero, por lo que sabía, solo había regido sobre un campamento de nómadas.

–Este, Alteza, es mi cuarto de baño. Te han pedido que te mudes a otra ala del palacio, pero acabo de saber que te niegas.

–Estoy cómoda aquí –Zara se hundió en el agua con expresión airada, demostrando que mentía. No estaba cómoda, al menos en ese momento.

–Qué terrible coincidencia, resulta que yo también me siento cómodo aquí –arguyó Andres–. En mi habitación, con todas mis cosas.

–Me trajeron aquí contra mi voluntad –le recordó ella–. Este no es mi sitio y estoy asustada.

Andres dejó escapar un bufido de incredulidad y enfado. No sabía por qué su reacción era tan desproporcionada. No le costaría nada dormir en otra habitación y, sin embargo, se negaba a ceder. Probablemente porque Kairos estaba manipulándolo como si fuera una marioneta. No tenía más remedio que obedecer a su hermano porque era el rey de Petras, pero no iba a dejar que aquella criatura lo manipulase también. Y no lo haría. Si iba a casarse con él, debía entender que no podía manejarlo a su antojo.

Él tenía fama de frívolo playboy, pero solo hasta que lo ponían a prueba. Siendo un príncipe, poca gente se atrevía a desafiarlo, pero Zara estaba haciéndolo y no iba a permitirlo.

–No creo que estés asustada –comentó, acercándose a la bañera.

Zara se hundió en el agua hasta sumergir la barbilla, con sus enormes ojos clavados en él.

–Pues claro que sí. Eres muy grande, mucho más que yo, y estás invadiendo mi espacio.

–Perdone, Alteza –Andres se acercó a la bañera y apoyó las manos en el borde, inclinándose hacia delante–. Eres tú quien ha invadido mi espacio. Yo no te he invitado a venir, no he clavado una rodilla en el suelo para pedir tu mano y tampoco te he cedido mi habitación.

Zara cruzó las piernas bajo el agua y levantó los brazos para ocultar sus pechos como pudo. Andres no alcanzaba a distinguir los detalles de su cuerpo bajo las burbujas y esa muestra de pudor solo sirvió para llamar su atención hacia lo que ella intentaba esconder.

Era preciosa, no podía negarlo. Piel suave, dorada, ojos grandes, oscuros, tan llamativos sin maquillaje como cuando estaban maquillados. Tenía unas pestañas largas y espesas, los labios gruesos, los pómulos altos, dándole un aire orgulloso y sensual que haría que cualquier hombre girase la cabeza.

En lo referente al aspecto físico tenía todo lo que él podría buscar en una esposa. Eran sus maneras lo que dejaban mucho que desear. De hecho, sus maneras dejaban todo que desear.

No había pensado mucho en qué clase de mujer le gustaría tomar como esposa porque no quería pensar en esas obligaciones, aunque sabía que algún día tendría que hacerlo. Pero había pensado que se casaría con una mujer sofisticada, una que le hiciese la vida más fácil. El accesorio perfecto para acudir a un acto oficial, tan necesario y tan sencillo como un bonito par de gemelos.

Pero Zara no era un par de gemelos como no era una cesta de fruta.

–Estoy disgustada –dijo ella entonces con tono airado–. Me arrancaron de mi hogar hace dos meses y desde entonces me han tenido prisionera en el palacio...

–Eso me han dicho. Y, aunque siento compasión por ti, no sé qué esperas que haga al respecto. Tú misma dijiste que no puedo devolverte a tu familia. No quieres casarte conmigo, también me lo has dicho. Así que tengo una corta lista de las cosas que no puedes hacer y de las que no quieres hacer, pero me vendría bien saber si hay algo que te interese.

–Me siento cómoda en esta habitación, en este baño... o lo estaba hasta que apareciste tú. Podrías dejar que me quedase aquí, ya que al menos me resulta familiar.

–¿Eres tan frágil que mudarte a una habitación al otro lado del pasillo trastoca tu sensibilidad?

–¡Soy muy frágil!

Andres tenía la impresión de que si hubiera estado de pie habría dado una patada en el suelo para remarcar tal afirmación.

–Eres muchas cosas, pero yo diría que frágil no es una de ellas.

–Vete –dijo ella entonces, dando órdenes como si fuera una reina.

–No –replicó Andres–. No pienso irme.

Metió las manos en el agua, sin importarle que se le mojasen las mangas de la camisa, y le pasó un brazo por los hombros y el otro bajo las rodillas para sacarla de la bañera, desnuda y empapada. No la miró, mantuvo los ojos clavados en la puerta mientras salía del baño para entrar de nuevo en el dormitorio.

–¿Qué estás haciendo? –Zara intentaba zafarse. Era sorprendentemente fuerte y resultaba difícil sujetarla.

Y también era muy suave. Suave al tacto, suave como debería serlo una mujer.

Y, de repente, experimentó una oleada de deseo que

lo tomó por sorpresa. Intentó ignorarla, apretando los dientes mientras luchaba contra la tentación de mirar su cuerpo desnudo. Aquello no tenía nada que ver con el sexo. Estaba reclamando el territorio que ella intentaba arrebatarle. Si iba a casarse con aquel demonio tendría que demostrarle que él llevaba el mando y que ella no iba a dictarle lo que tenía que hacer.

Y eso incluía a su cuerpo.

Tenía que tomar el control de ella y de sí mismo. No había otra opción. Tendría que ser firme con Zara.

–Vamos a aclarar las cosas –empezó a decir–. Esto no es un hotel, es mi habitación. Y esta –añadió, tirándola sin miramientos sobre el edredón– es mi cama. Y yo hago dos cosas en la cama: practicar el sexo y dormir. Si piensas quedarte aquí, tendrás que compartir esas dos cosas conmigo. Si no es así, puedes buscarte otro alojamiento.

De nuevo, contuvo la tentación de mirarla, aunque se imaginaba que su cuerpo desnudo sería un delicioso banquete. Pero su intención era asustarla, no violentarla.

Zara se enterró bajo el edredón, furiosa.

–Eres un bruto –lo acusó.

–Vamos a casarnos –le recordó él–. Y no he dicho o hecho nada tan terrible –Andres sabía muy bien que estaba portándose como un cavernícola, pero le daba igual.

–No te conozco.

–Me conocerás bien en un par de meses. Podríamos empezar ahora mismo.

–¡De eso nada!

–Entonces, tendrás que irte de mi habitación. Estoy cansado –Andres levantó una mano y empezó a aflojarse el nudo de la corbata.

Zara agarró el edredón blanco con las dos manos, clavando en él los dedos como garras.

–No te atreverías –murmuró. Pero su tono incrédulo lo animaba aún más.

Sin dejar de mirarla, Andres se quitó la corbata y empezó a desabrocharse el primer botón de la camisa.

–Como he dicho, estoy cansado y esta es mi cama. Y ya te he dado la lista de actividades que hago en ella.

Cuando se desabrochó el segundo botón de la camisa vio que Zara abría los ojos como platos. Se desabrochó un tercero, luego un cuarto, acercándose cada vez más a la cama. Su corazón se había acelerado. No iba a tocarla. Sabía que aquello terminaría con ella escapando antes de que pudiese hacer nada, pero eso no impedía que se le calentase la sangre.

Él era un hombre civilizado que jamás se aprovecharía de una mujer, pero su cuerpo no parecía haber recibido el mensaje. En ese momento, su cuerpo solo parecía entender que él era un hombre y ella una mujer. Una mujer muy bella.

Y, de repente, empezó a olvidar qué estaba haciendo allí.

Cuando se desabrochó el último botón de la camisa, Zara se levantó de un salto, envolviéndose en el edredón, con el pelo mojado cubriendo parte de su cara. Y con todo eso, aún intentaba tener un aspecto imperioso.

–Muy bien, de acuerdo, dormiré en otra habitación –Zara pateó el edredón para dar un paso adelante–. Voy a vestirme. Cuando vuelva, espero que todo esté arreglado.

Se alejó muy digna con los hombros erguidos y todo su cuerpo vibrando de rabia, y Andres disimuló una sonrisa mientras sacaba el móvil del bolsillo para decirle al edecán de su hermano que la princesa estaba lista para ocupar su nueva habitación.

Zara volvió antes de que el hombre apareciese. Se había puesto un pijama rosa que le daba un aspecto mucho más juvenil y menos belicoso.

–¿Me iré pronto? –preguntó.

–Ah, ahora estás impaciente.

–Me has convencido con tus argumentos.

Andres se rio, divertido ante una abierta hostilidad que le parecía irresistible. No estaba acostumbrado a esa reacción en las mujeres. Claro que no estaba acostumbrado a estar comprometido con una mujer y menos con una que no quería saber nada de él.

–La mayoría de las mujeres no salen corriendo cuando me quito la camisa.

Zara esbozó una sonrisa burlona.

–Yo no soy como la mayoría de las mujeres.

Él se pasó una mano por el mentón, mirando el cuerpo escondido bajo el pijama.

–Eso podría ser un problema.

–¿Por qué?

–Porque espero que seas una mujer normal en lo que se refiere a nuestro matrimonio. Debes ser a la vez una esposa para mí y una princesa para mi país.

Y él tenía que ser el príncipe que su hermano necesitaba que fuera.

–No estoy hecha para eso –se apresuró a decir Zara.

–Y, sin embargo, mi hermano cree que sí. Eres la única candidata, de hecho. Así que tenemos un problema.

En sus ojos podía ver un brillo de miedo y, por primera vez, se cuestionó cómo estaba llevando el asunto. Estaba enfadado por las manipulaciones de su hermano y lo pagaba con ella, pero Zara no era culpable de nada.

–No tienes nada que temer. Ni de mí ni de Kairos, aunque mi hermano pueda parecer un tirano a veces. Ninguno de los dos va a hacerte daño.

Zara no pareció muy aliviada.

–Pero vas a utilizarme.

–Eres una princesa, Zara. Si no te hubieran expul-

sado del palacio para llevarte a vivir con unos gitanos
también tendrías que enfrentarte a un matrimonio de
conveniencia. Como yo sabía que tendría que casarme
algún día, aunque no esperaba que fuese tan pronto.

–No te atrevas a darme una charla sobre la responsabilidad de la realeza. Mi vida como princesa me fue
arrebatada.

–Pero ahora vas a recuperarla y para ello tienes que
casarte conmigo.

–No lo esperaba –insistió ella con tono seco.

–¿No pensabas casarte nunca?

–Solo tengo veintiún años.

–No eres tan joven. ¿De verdad nunca has pensado
en casarte?

Zara se encogió de hombros.

–Si hubiera sido miembro del clan en el que me cria-
ron, seguramente ya estaría casada. Pero no lo era, solo
estaba bajo su protección y no se esperaba eso de mí.

–¿Esa es tu manera de decir que no tenías intención
de casarte?

Su expresión se ensombreció.

–He vivido escondida todos estos años para evitar
un destino como este, pero sabía que tendría que irme
de allí si quería vivir una vida normal.

–Esto no es exactamente normal.

–Desde luego.

–Tendrás que ser formada –dijo Andres entonces.

Zara enarcó una ceja.

–¿Formada?

–Creo que podrías ser una esposa ideal. Tienes belleza para ello. Solo necesitas... que te domen.

–¿Tan salvaje soy?

–No tienes sentido del decoro. Que pretendieses
quedarte con mi habitación lo deja claro. Tu pelo, tu
actitud... irradias algo...

–¿Qué?

Andres dejó escapar un largo suspiro.

–Irradias algo y eso no es bueno para una princesa. Debes ser plácida, serena. Como he dicho antes, debes ser domada.

Zara apretó los puños, airada. Su largo pelo oscuro le caía por la espalda dándole un aspecto aún más salvaje.

–Me niego a ser domada.

Andres no sabía qué decir y le molestaba que lo hiciera sentir acorralado. Kairos había dado una orden y él tenía pecados que expiar.

Aunque se preguntaba por qué estaba esforzándose tanto. Sabía que iba a fracasar. Su padre siempre le había dejado claro que fracasaría; se lo había dicho de niño, de adolescente, incluso cuando ya era un adulto. Kairos era el responsable, el heredero, y afortunadamente se tomaba su papel muy en serio. Andres era con el que siempre se podía contar para montar un escándalo o provocar un desastre.

Esa era la razón por la que se le había prohibido tomar parte en cualquier acto oficial. La razón por la que se quedaba en su habitación cuando había una cena oficial mientras el resto de la familia hacía su trabajo.

Su padre había muerto, pero aún sentía sus fríos ojos clavados en él. Y la decepción en su tono cada vez que le hablaba.

Le había dado a Kairos su palabra y no se echaría atrás. No, en aquella ocasión triunfaría. Solo era un matrimonio y ella solo era una mujer. ¿Cómo iba a fracasar?

Era un playboy famoso por su encanto con las mujeres y podía seducir a aquella criatura salvaje.

–No puedes negarte –le advirtió–. ¿Qué es lo que quieres, aparte de libertad? Me encargaré de que lo tengas. Podemos hacer un intercambio.

Ella vaciló por un momento.

–Quiero que se garantice la seguridad de las personas que me han cuidado durante estos años.

–Esas serán las condiciones para firmar un tratado de alianza con Tirimia. Tendrás más poder aquí, en este trono, que escondida en un bosque. Eso puedo prometerlo. Kairos es un rey bueno y justo, y tú serás una princesa. Eso tiene que ser mejor que vivir escondida como un ratoncillo.

Zara frunció sus oscuras cejas.

–Te gusta compararme con animales.

–Te pareces más a un animalillo que a una mujer en este momento... tristemente para mí –dijo Andres. Y él se parecía más a un lobo que a un hombre–. Dejarás que te convierta en una verdadera princesa y, a cambio, yo te daré lo que desees –en ese momento sonó un golpecito en la puerta–. Será el criado para llevarte a tu habitación.

Ella asintió con la cabeza.

–Muy bien.

Parecía casi sumisa y Andres descubrió que no le gustaba.

«Eso no tiene sentido».

No, no lo tenía. Pero nada de lo que había ocurrido en las últimas doce horas tenía sentido en absoluto.

–Empezaremos mañana. Nos veremos en el estudio después del desayuno.

–¿Qué piensas hacer?

–Domarte, por supuesto –respondió Andres.

Capítulo 4

AL PARECER, la idea de domarla en realidad significaba intentar enterrarla en kilómetros de sedas y tules.

Zara no se sentía domada en absoluto. Al contrario, estaba indignada. Aunque ese había sido su estado de ánimo dese que la sacó de la bañera para tirarla en su cama la noche anterior.

Solo con recordarlo le ardía la cara; el calor resultaba exacerbado por el frío de la seda en la que la modista estaba envolviéndola en ese momento. Estaba furiosa. La había sacado de la bañera, apretándola contra él como si tuviera todo el derecho a tocarla, como si fuera suya. Era exasperante.

Pero no estaba tan enfadada como debería. Claro que estaba en un palacio fabuloso, probándose unos vestidos que jamás había soñado con lucir, así que era natural.

—No baje los hombros —le ordenó la modista con tono seco.

—Ya la has oído —escuchó la voz de Andres detrás del biombo—. No te muevas o tardará más.

—No soy una niña —replicó ella, dirigiéndose a los dos—. No me gusta que me hablen en ese tono.

—Entonces, no se mueva —repitió la modista.

Zara tuvo que contener el deseo de moverse solo para molestar.

Ser el centro de atención le resultaba extraño. Aunque había tenido una experiencia parecida cuando fue a vivir al campamento. Entonces era una curiosidad, una

niña que acababa de perder a su familia y estaba trau-
matizada. Pero en el campamento los recursos eran li-
mitados y siempre llevaba ropa de segunda mano o de
poca calidad.

En su vida antes de la revolución estaba segura de
que habría experimentado momentos como aquel, pero
había una especie de velo sobre esos años que le impedía recordar. Todo estaba reducido a sensaciones, imágenes fijas, olores y sabores.

Solo tenía seis años cuando se la llevaron del palacio, de modo que había pasado mucho más tiempo viviendo fuera del palacio que en él.

Estaba intentando odiar aquello, pero no le resultaba
fácil. El vestido que llevaba en ese momento era irresistible. Nunca se había imaginado que encontraría irresistible un vestido, pero aquel se lo parecía.

El corpiño era ajustado, con flores bordadas sobre la
seda blanca. La falda flotaba a su alrededor como una
nube rosa. Y, la verdad, le gustaría odiar algo tan poco
práctico, pero era demasiado bonito.

Pero, aunque le costaba odiar el vestido, sí podía
odiar a Andres.

−¿Le gustaría ver este, Alteza? −la modista se dirigía
a Andres como si ella no estuviese allí.

−¿Por qué no?

Parecía aburrido y eso era insultante. Aunque si se
hubiera mostrado entusiasmado seguramente también
se habría ofendido. No podía ganar con ella, no iba a
dejar que lo hiciera.

No pensaba dejarse engatusar. No iba a casarse con
él. Encontraría otra salida.

«Aunque dicen que se cazan más moscas con miel
que con vinagre. Y necesitas su ayuda».

Zara decidió ignorar tal pensamiento. Sí, era cierto
que lo necesitaba, pero no iba a darle la clase de miel que

esperaba un hombre como él. Andres no había sido ambiguo sobre sus intenciones. La noche anterior le había dicho que si no se iba de la habitación...

La modista apartó el biombo que la separaba del imponente príncipe y Zara tomó aire, con los pechos empujando contra el estrecho corpiño del vestido. Era muy consciente de que sus ojos estaban clavados precisamente en esa parte de su cuerpo. Lo hacía para incomodarla, no podía haber otra razón. Los hombres no perdían el tiempo mirándole el pecho. Los hombres no perdían el tiempo mirándola.

Sí, había estado muy protegida entre los nómadas, pero no había sido difícil para el líder de su clan apartar a los hombres. Al contrario, Zara a veces sentía que se apartaban de ella.

El brillo de deseo de los ojos de Andres no podía ser real y eso hacía que fuera más ofensivo, aunque no debería ser así. Las cosas con aquel hombre sencillamente no tenían sentido, eso era algo que tenía que aceptar.

–¿Y bien? –preguntó, la frase sonó como una orden.

Él se llevó una mano al mentón, como si tuviera que pensarlo.

–Ahora pareces más una princesa que ayer.

–Supongo que eso depende del punto de vista cultural –replicó ella, enarcando una ceja.

–¿Ah, sí?

–Entre mi gente, el maquillaje dorado es la marca de una estirpe real. Y una marca de belleza. El vestido que llevaba ayer, púrpura con hilo de oro, también dejaba eso claro. Este es solo un vestido bonito.

–Es alta costura –replicó la modista con tono agrio.

–¿Vas a dejar que me hable así? –preguntó Zara entonces.

–Eres tú quien la ha ofendido.

–Mis disculpas –murmuró, aunque no se arrepentía.

Era difícil permanecer serena cuando se sentía manipulada, forzada, aprisionada–. Estoy cansada –Zara levantó la voluminosa falda para sentarse al borde de la cama, con la tela ondulando a su alrededor.

–Me imagino que probarse vestidos durante todo el día debe de ser agotador –replicó Andres, irónico.

–¿Tan agotador como estar sentado, mirando a otra persona probarse vestidos?

–Probablemente no tan agotador como tomar medidas a una chica antipática y respondona –Andres se apoyó en la pared y cruzó los brazos sobre el pecho–. Elena –dijo, dirigiéndose a la modista–, me imagino que te vendría bien descansar un rato.

–Sí, Alteza –a la mujer no parecía hacerle gracia ser despedida de ese modo, pero obedeció.

Zara estaba segura de que jamás se acostumbraría a eso. Al hecho de que, al final, tendría que obedecer a Andres y Kairos.

«Tampoco tenías ningún poder en el campamento. Estabas en una especie de pedestal, pero no podías elegir».

Interrumpió esos pensamientos cuando Elena salió de la habitación, dejándola a solas con Andres.

–¿Y bien? –preguntó–. ¿Tengo el aspecto que pretendías?

–Aún te falta mucho –respondió él, burlón–. Aún pareces un poco salvaje.

–Tal vez porque soy un poco salvaje. ¿Se te ha ocurrido pensar que eso no va a cambiar? Por mucho que cambies mi exterior, por dentro no voy a cambiar nunca.

–El aspecto exterior es el mejor sitio para empezar. Cambiar quién eres por dentro es una tarea mucho más difícil.

–¿Hablas por experiencia?

Él esbozó una sonrisa.

–Desde luego.

–Si tú no has conseguido cambiar después de tantos años viviendo en el palacio, ¿por qué crees que podrás cambiarme a mí en unos meses?

–No tengo que cambiarte, solo hacer que parezca que has cambiado. Y en eso tengo mucha experiencia.

–Pensé que el objetivo era domarme.

De nuevo, Andres sonrió, pero Zara no sabía por qué.

–Deja que te haga una pregunta: ¿crees que yo estoy domesticado?

Zara lo miró de arriba abajo, desde el traje de chaqueta perfectamente cortado hasta las aristocráticas facciones. Podría estar cincelado en piedra. Una estatua griega imbuida de vida más que un hombre nacido de una mujer.

Era tan bello... No encontraba nada femenino en esa descripción. También diría que las montañas y el bosque de Tirimia eran bellos, a la vez que peligrosos e implacables. Tenía la impresión de que Andres era esas dos cosas. Su hermano, Kairos, emanaba fuerza, autoridad. Con Andres, eso era menos aparente. Pero ella podía verlo, podía sentirlo.

Tal vez porque la había sacado de la bañera el día anterior para tirarla sobre la cama sin miramientos.

–No, no lo estás.

–Pero lo parezco. O, más bien, lo parezco cuando me conviene.

–¿Eso es lo que sugieres, que haga el papel de princesa cuando estemos en público?

–Me gustaría que estuvieras un poco más domesticada porque no tengo intención de recibir un mordisco –algo cambió en sus ojos mientras decía esas palabras, algo que Zara no podía entender. Había mucho de eso entre ellos.

–Nunca he mordido a nadie, así que tu preocupación es infundada.

–¿Seguro? –Andres dio un paso adelante, clavando en ella sus ojos–. Si te abrazase ahora mismo y te tirase en la cama, ¿no me morderías?

Su corazón latía tan rápido que apenas podía respirar.

–¿Por qué ibas a hacer eso?

–¿Eres tan ingenua que no sabes lo que un hombre quiere de una mujer?

–No, claro que no –respondió ella con un nudo en la garganta.

–Tú sabes lo que un marido quiere de su esposa.

Era como si se hubiera desatado un incendio en su interior, quemando sus zonas más íntimas. Debería estrangularlo con su propia corbata por atreverse a hablarle de ese modo. Y no debería estar tan acalorada.

–Pero no soy tu mujer –le recordó.

Andres le levantó la barbilla con un dedo, con los ojos clavados en los suyos. Debería apartarse, pensó Zara. Debería darle una patada. Pero no hizo ninguna de esas cosas.

–Serás mi mujer, en todos los sentidos. Y me gusta ese vestido –murmuró, mirándola con descaro–. Aunque tal vez me gustaría más si estuviera en el suelo. Si te lo quitase, si intentase hacerte mía, ¿entonces me morderías?

–Inténtalo –respondió ella con voz temblorosa–. Inténtalo y lo comprobarás, canalla.

–Si crees que insultándome harás que me aparte, lamento decepcionarte.

Se acercó un poco más. Sus labios estaban a un centímetro de los suyos y Zara descubrió que no quería apartarse, sino inclinarse hacia él. Podía sentir que una conexión empezaba a formarse entre ellos, física, real, tangible. Y no quería romperla. ¿Cuánto tiempo había pasado desde la última vez que alguien la tocó? Siempre había estado tan sola, tan apartada de todos...

–Tristemente para ti, decepcionar a la gente es lo que mejor hago –dijo Andres entonces, apartándose.

–He logrado contener el deseo de sacarte las tripas con los dientes –bromeó Zara–. Tal vez no sea tan salvaje como crees.

–Y tal vez yo no sea tan civilizado como tú crees.

–Si estás intentando asustarme para que me someta a tus planes de matrimonio, te advierto que no va a funcionar –Zara tuvo que aclararse la garganta.

Él se rio, pero era un sonido seco, carente de humor.

–No necesito que te sometas, necesito que cooperes.

–No te estás mostrando muy flexible.

–En este caso soy inflexible porque mi hermano lo es. Estoy en deuda con él. Una vez lo decepcioné y no puedo volver a hacerlo. Esta es una forma de expiar mis pecados y tú eres mi penitencia.

–Supongo que, en ese caso, hacerme tuya será como arrastrarte sobre un montón de cristales rotos.

Andres se rio y Zara hizo una mueca. Estaba intentando parecer sofisticada para escandalizarlo, pero él ni siquiera había tenido la decencia de mostrarse sorprendido.

–Al contrario, me imagino que hacerte mía será la parte más agradable de nuestra forzosa unión.

–¿Por qué casarnos? –preguntó ella, a la desesperada–. ¿Por qué no...? En fin, no sé qué sugerir porque sigo sin saber por qué me necesitas.

–Debo casarme contigo porque Kairos me ha ordenado que lo haga. Mi hermano quiere mejorar las relaciones entre Petras y Tirimia... en fin, supongo que habrá una explicación más detallada, pero no me la ha dado y yo no se la he pedido. Las razones son irrelevantes.

–Y, sin embargo, no pareces un hombre que acepte órdenes fácilmente. No creo que agaches la cabeza y obedezcas sin protestar. Hay algo más, tiene que haberlo.

—Ya te he dicho que llevo muchos años haciendo lo que me da la gana. He cometido errores —Andres suspiró—. Errores que esperaba se subsanasen con el tiempo y sin ningún acto conciliador por mi parte. Y resulta que estaba equivocado.

—Podrías ser un poco más claro. En mi clan no hablamos con rodeos. O le contamos a alguien lo que estamos pensando o no y sé que me ocultas parte de la verdad.

—¿Quieres saber lo que hice?

—Si eso explica por qué tenemos que casarnos, sí. Creo que tengo derecho.

—Muy bien.

Era raro que Zara no lo supiera cuando todo el mundo lo sabía. Cualquiera que leyese revistas de cotilleos conocía los sórdidos detalles de su pasado y qué había sido del primer compromiso de Kairos.

Pero por eso no quería contárselo. Zara no veía al príncipe playboy, no veía a la oveja negra. No le gustaba, pero eso era debido a la situación, no por rumores o titulares escandalosos.

—Tengo la impresión de que no lees revistas.

—No —asintió ella.

Andres se dejó caer en un sillón con aparente naturalidad. Era un profesional fingiendo que nada le importaba, particularmente cuando algo le importaba de verdad. Aunque no sabía por qué le importaba tanto la opinión de Zara.

—Entonces no habrás leído nada sobre mis escapadas, aunque son legendarias. No hay una mujer a la que no pueda seducir. Siempre las dejo con ganas de más, ya que rara vez me quedo con una más de una noche. No tengo vergüenza ni principios.

Las mejillas de Zara se tiñeron de un rubor rosa oscuro, a juego con el color del vestido.

—¿Y es así? —preguntó con voz ronca, con los ojos concentrados en un punto a su espalda.

Andres no la entendía. ¿Se sentía incómoda en su presencia, estaba enfadada o, como él, sentía una atracción inexplicable?

Había estado con muchas mujeres y, aunque no se sentía particularmente orgulloso de ello, cuando echaba la mirada atrás no podía negarlo. Con tan vasta experiencia no tenía sentido sentirse tan atraído por aquella mujer. Zara no era sofisticada. Era preciosa, pero había muchas mujeres preciosas que no eran antipáticas, asustadizas o salvajes.

Zara era como el viento, embotellado y cosido a un vestido. Había permitido que la encerrasen, pero estaba esperando el momento para liberarse.

—Los medios de comunicación siempre han dicho que no tengo vergüenza ni principios. Es muy liberador no avergonzarse de nada, no sentirse culpable y actuar por impulso porque has aceptado que no eres capaz de hacer otra cosa. Me imagino que debo de tener algún principio, algún atisbo de vergüenza —Andres suspiró—. Pero un día coincidí con mi hermano y su prometida de entonces, Francesca, en Montecarlo. Kairos estaba allí para reunirse con varios líderes mundiales mientras que mi intención era divertirme. Y, aparentemente, también era esa la intención de Francesca. Mientras Kairos estaba trabajando, yo organicé una fiesta en mi suite. Invité a todas las mujeres guapas que pude encontrar, a todos los hombres que quisieran beber y jugar. Había mucho alcohol, como suele ocurrir en esas ocasiones, y resulta que tomando cierta cantidad de alcohol soy capaz de perder hasta el último vestigio de vergüenza. Fue en esa fiesta cuando demostré que los medios de comunicación tenían razón sobre mí.

—¿Por qué? ¿Qué hiciste? —la pregunta de Zara, y el

brillo de sus ojos oscuros, lo avergonzó como nada. De verdad no podía imaginarse que alguien pudiese traicionar a su hermano.

Pero si iba a ser su mujer debía conocerlo bien. Cómo era. Lo que era.

«Lo que tus padres siempre supieron que eras».

—Me acosté con la prometida de mi hermano. Ni siquiera lo recordaría de no ser por el vídeo que empezó a circular por las redes al día siguiente.

En los ojos de Zara había un brillo de sorpresa y horror. Era comprensible. Zara aún no conocía todos sus pecados, pero él no era un hombre que hiciese las cosas a medias y, como no podía ser bueno, había decidido ser depravado hasta lo más hondo de su ser.

Pero tenía la impresión de que ella no lo entendería. Sus vidas habían sido tan diferentes... La suya llena de fiestas, mujeres distintas cada noche para llenar un vacío que era incapaz de llenar.

Zara había vivido una existencia solitaria mientras que la de él había estado llena de ruido. Tanto como era posible.

Podrían pertenecer a dos planetas diferentes.

—Bueno —empezó a decir, porque no veía sentido a continuar la conversación—. Cuéntame algo de ti misma.

Zara levantó la barbilla en un gesto orgulloso.

—¿El hecho de que presenciase la muerte de mi familia no es información suficiente para ti?

Algo incómodo, pesado, se instaló en su pecho.

—¿Por qué no quieres casarte conmigo?

—Aparte de que eres un extraño, acabas de confesar que traicionaste a tu hermano. ¿Me dices que eres el hombre más infiel de la Tierra y de verdad no entiendes por qué no quiero casarme contigo?

—Tú misma has dicho que no tenías planes de casarte. No me cuentes ahora que albergas la fantasía de una casita llena de niños, con un marido que solo tenga ojos para ti. Nuestro matrimonio podría ser lo que tú quieras que sea, pero no me has preguntado cuáles son mis intenciones ni me has dicho cómo te gustaría que fuesen las cosas. Sencillamente, no quieres casarte conmigo y eso me hace pensar que tienes un objetivo diferente.

–Qué tontería.

–Respóndeme, criatura salvaje, o cumpliré mi amenaza.

Zara esbozó una irónica sonrisa.

–Vaya, el hombre que se cree capaz de seducir a cualquier mujer amenaza con usar la fuerza para hacerme suya.

–Te seduciría –dijo él, apretando los dientes–. Y puede que no me importase que me mordieras.

–No, gracias. No quiero ensuciarme la boca.

Andres soltó una carcajada.

–Lo recordaré. Bueno, cuéntame algo. Me estoy impacientando.

–Yo también me impaciento y, sin embargo, eso no parece importarle a nadie. He estado cautiva durante dos meses en Tirimia antes de serte transferida como si fuese una propiedad. Nunca he podido elegir en mi vida. Nací en el seno de una familia real, pero me lo robaron todo y ahora me traen aquí para convertirme en tu esposa. ¿Quién soy? ¿Qué voy a ser, el peón de quien me tenga en sus garras? Debo ser algo más que eso, Andres. Y me gustaría tener la oportunidad de descubrirlo.

Sus palabras tocaron algo dentro de él. Era extraño porque no las entendía. Pertenecían a mundos diferentes y, sin embargo, reconocía esas palabras como si se hubieran originado en su propio cerebro.

–Lo harás –respondió–. Esa es otra promesa. Nuestro matrimonio no tiene por qué ser tradicional si tú no quieres. En realidad, no creo que pueda olvidarme de las demás mujeres. Si yo tengo cierta libertad, tú también la tendrás.

—¿Qué estás sugiriendo?

—Después de darme hijos podrás tener los amantes que quieras. O dedicarte a tus aficiones e intereses. O estudiar si lo prefieres.

Zara frunció el ceño.

—¿Por qué?

—¿Por qué te ofrezco una alternativa? No me beneficia nada actuar como si fuese tu carcelero y no tengo ningún deseo de serlo. Ya te he dicho que la idea de casarme no ha sido mía, pero estoy en deuda con Kairos. Lo único que él quiere es que tengamos un hijo que ocupe el trono algún día porque su mujer y él no parecen capaces de tener un heredero.

—Entiendo. Solo necesitas un útero.

—No, no es eso. Seríamos una familia, algo que tú no tienes —Andres se odiaba a sí mismo por usar eso contra ella, pero nunca había tenido vergüenza y no iba a desarrollarla en ese momento—. No me lo pongas difícil. Ninguno de los dos tiene alternativa —añadió, levantándose.

—¿Puedes decirle a la modista que vuelva?

No era lo que Andres esperaba que dijese. Claro que era imposible saber lo que Zara iba a decir en cada momento.

—¿Qué necesitas?

—No voy a poder quitarme este vestido yo sola.

—Yo podría ayudarte —bromeó Andres, intentando disimular su excitación. Allí estaba, hablando sobre tener otras amantes cuando se hubieran casado y, sin embargo, se excitaba al pensar en desabrocharle el vestido. Había ayudado a innumerables mujeres a quitarse la ropa, de modo que eso no debería ser nada excepcional, nada particularmente interesante. Y, sin embargo, así era.

–No, no puedes –Zara no podía disimular su turbación y eso dejaba claro que tampoco ella era inmune a él.

–¿Prefieres que llame a Elena para bajar una simple cremallera? ¿Tanto miedo te doy?

Algo brilló en sus ojos oscuros.

–No me asustas.

–Entonces date la vuelta.

Ella obedeció, pero Andres sabía que era por pura obstinación. Alargó una mano para sujetar la cremallera del vestido y tiró hacia abajo despacio, ignorando el ligero temblor de sus dedos. Solo estaba desvelando una elegante espina dorsal, preciosa desde luego, como todo en ella, pero nada más.

Una de las muchas espaldas femeninas que había visto en su vida.

Zara lo miró por encima de su hombro y el deseo lo golpeó con fuerza en el estómago. Sus ojos no se parecían a los de ninguna otra mujer. Y daba igual a cuántas mujeres hubiera desnudado en el pasado porque no eran ella.

Maldita fuera, tenía que controlarse.

Cuando bajó la cremallera del todo dio un paso atrás y dejó caer las manos a los costados para no tocarla, para no perder el tenue control que le quedaba y cumplir su amenaza.

–Puedes irte –dijo Zara entonces con voz trémula.

–Como gustes, pero llegará un momento en el que no me iré cuando te hayas quitado la ropa –no sabía por qué había sentido la necesidad de decir eso, tal vez porque se sentía impotente en aquella situación.

–Ni un solo día antes de lo necesario –replicó Zara.

–Vete a dormir. Mañana tendrás que seguir aprendiendo buenas maneras.

–¿Vas a hacer un esfuerzo para que te muerda?

–No, mañana voy a enseñarte a bailar.

Capítulo 5

NO RECORDABA la última vez que se había cortado el pelo. Se lo había dejado crecer durante años y le caía, rizado y espeso, por debajo de la cintura, en general sujeto en una trenza. El estilista de palacio se lo había cortado hasta media espalda. Le resultaba raro, pero le había quitado un peso que no era consciente de llevar.

Después de eso le pusieron *cool* negro y polvo de oro alrededor de los ojos, una especie de combinación entre los cánones de belleza de Tirimia y los de Petras.

El vestido, la tercera pieza en ese cambio de imagen, era otro ejemplo. Confeccionado con la más fina seda, tenía bordados en hilo de oro y le llegaba por debajo de las rodillas.

El pelo recién cortado le caía alrededor de los hombros en brillantes ondas. Nunca se había imaginado que su pelo pudiera ser tan bonito. Normalmente tenía un aspecto mucho más... natural, más áspero. Normalmente ella misma tenía un aspecto más áspero.

Tenía la impresión de que Andres lo veía como una victoria y si no estuviera tan fascinada por la imagen que le devolvía el espejo se habría enfadado. Tristemente, no tenía mucho tiempo para seguir mirándose. Debía ir al salón de baile porque Andres tenía intención de enseñarla a bailar.

Pensar en eso hacía que se le encogiera el estómago y la sensación aumentó mientras bajaba por la escalera que llevaba al salón de baile. En teoría. Pero si podía encontrar el camino en medio de un bosque también encontraría su camino en aquel palacio, pensó.

Se detuvo frente a la ornamentada puerta que la separaba de la estancia y, presumiblemente, de Andres. Tenía un último momento para respirar profundamente antes de volver a verlo.

Tomó aire antes de tirar de la pesada puerta y se detuvo en medio del salón, mirando alrededor. El techo era altísimo, en forma de cúpula, con preciosos frescos. Las paredes estaban empapeladas de un tono azul pálido con flores de terciopelo y cada segmento dividido por molduras doradas.

Armonizaba con el entorno. Era un extraño pensamiento, pero era cierto. Con ese vestido parecía que aquel era su sitio. Además, había nacido princesa y si sus padres no hubieran sido asesinados habría vivido en un palacio. Y se habría casado con un príncipe. Un príncipe como Andres.

Aquel podría haber sido su destino, después de todo. Estar allí, con él. Ser su mujer. Un pensamiento extraño, pero en cierto modo consolador. ¿Era eso lo que sus padres hubiesen querido para ella? Desde luego no hubieran querido que viviese en el bosque durante el resto de su vida.

Zara cerró los ojos un momento, respirando profundamente. Olía a algo familiar, a piedra y madera antigua. Un palacio. Le recordaba a su casa, su primer hogar. A sus padres y cómo habían cuidado de ella.

La habían querido tanto... Aquella era la vida que hubiesen deseado para ella. La mujer que era en ese momento, con un príncipe, con aquel vestido; eso era lo que habrían querido.

Si hubiese crecido en el palacio nadie la vería como un animal salvaje. Zara tragó saliva. Lo que Andres pensara de ella no debería importarle. En realidad no iban a casarse. Encontraría una salida, alguna solución a gusto de todos.

No estaba preparada para casarse. Y menos con un hombre que tenía tan poco interés por el matrimonio como ella. ¿Tan malo era querer elegir y ser elegida?

Intentó apartar de sí tales pensamientos mientras se adentraba en la habitación. Era una tontería preocuparse. Ser elegida, querida. Esos eran lujos para gente que no tenía que preocuparse por la supervivencia o por las obligaciones.

No había sitio para eso en su vida.

Andres eligió ese momento para entrar por una puerta lateral. Debería estar acostumbrada a él, y el impacto de verlo debería ser menor. Pero cada vez la impactaba más. Llevaba un esmoquin y casi le dieron ganas de reírse. Ella con un vestido de noche, él con un esmoquin a esa hora de la mañana, en un salón de baile vacío. Dos extraños que habían recibido la orden de casarse, aunque ninguno de los dos quería.

Se habría reído, pero no podía hacerlo porque apenas podía respirar. Si se ponía nerviosa ante la idea de ver a Andres, verlo había aumentado la tensión hasta un grado imposible. No entendía por qué. Sí, era muy apuesto, pero no quería que la tocase. O la besase. O ninguna otra cosa.

Nunca le había importado ser inocente para su edad. No había habido chicos con los que pasear de la mano o a los que besar durante la adolescencia. Nadie le había hablado de relaciones. Todo lo que sabía lo había aprendido observando y escuchando. Y eso, hasta ese momento, había sido suficiente. Pero ahora se sentía fuera de su elemento. Desconcertada y, lo peor de todo, curiosa. Sentía curiosidad por saber cómo sería si Andres cumpliese su amenaza. Cómo sería sin ropa, sin la máscara que llevaba a todas horas. Dudaba que mucha gente se diera cuenta, pero ella lo sabía. Como sabía lo que era tener que fingir, mantener la calma mientras por dentro rugía una tormenta.

Eran tan diferentes y, sin embargo, podía ver reflejos de sí misma en sus ojos oscuros. No tenía sentido. Y menos sentido tenía su fascinación por él. Debería temerlo. No podía negar que sus sentimientos estaban teñidos de miedo, pero había algo más.

Sí, era la curiosidad lo que más la turbaba. Si tuviese alguna respuesta a sus preguntas tal vez no sería así. Si hubiera estado antes con un hombre, o al menos la hubieran besado, tal vez no estaría tan fascinada por sus labios y no se preguntaría si serían tan ardientes y firmes como parecían.

Él se detuvo en medio del salón, mirándola como si la viese por primera vez.

—Te has cortado el pelo.

—No he sido yo.

—El estilista te ha cortado el pelo.

—Sí —Zara se lo echó hacia atrás, sobre los hombros—. ¿No estoy domada aún?

Andres inclinó a un lado la cabeza.

—No estoy seguro. ¿Por qué no te acercas un poco más para que pueda comprobarlo?

Zara se encontró moviéndose hacia él sin saber por qué.

Tal vez quería dar una falsa sensación de seguridad para que confiase en ella. Sí, esa debía de ser la razón. No tenía nada que ver con su estómago encogido, o esa presión en los pulmones con la garganta seca. No tenía nada que ver con la belleza letal que poseía, como un paisaje accidentado que la llamaba para explorarlo... mientras esperaba para tragársela entera.

Nada de eso importaba. Discutir a todas horas no la

ayudaría, de modo que no tenía sentido. Tenía que esperar y atacar cuando contase. Así que obedecería. Por el momento.

Andres levantó una mano para tocarle el pelo y ella no pudo hacer nada más que mirar mientras acariciaba los sedosos mechones. Querría preguntar si le gustaba, pero no debería importarle. No necesitaba que la encontrase hermosa, sino agradable, complaciente.

Era muy atractivo, pero no debía olvidar quién era. Andres se lo había dejado bien claro. Había traicionado a su hermano. No por necesidad, por afecto o amor hacia la mujer en cuestión. Solo porque quiso hacerlo. Solo porque vivía para el placer. Eso más que nada debería hacer que lo repudiase. Debería hacer que su opinión sobre ella no le importase nada.

Cuando pensaba en sus padres, en lo que habían hecho, en los cambios por los que habían perdido la vida... eso debería hacer que Andres le resultase repelente. Que tuviese tanto poder y no hiciese nada con él debería ofenderla.

Pero no era así.

Qué decepcionante descubrir que era tan vulnerable al atractivo físico de un hombre como cualquier otra mujer.

De repente, él le envolvió la cintura con un brazo y tomó su mano con la suya.

—Estamos aquí para bailar. ¿Sabes hacerlo?

Sabía que le había hecho una pregunta y que requería una respuesta, pero no parecía capaz de reaccionar. Él era tan fuerte... La había sacado de la bañera como si no pesara nada.

Era fuerte, sí, y lo demostró aplastándola contra su torso. Con firmeza, pero también con suavidad. Podía sentir el calor que irradiaba su piel a través de la tela de la camisa, notaba los fuertes músculos debajo. Seguía convencida de que se escondía tras una máscara de frivolidad.

—Pon la mano sobre mi hombro.

Zara obedeció de nuevo porque era más fácil que intentar hablar. Se sentía como la criatura salvaje que la había acusado de ser, totalmente incapaz de relacionarse con él. Como si de verdad hubiera sido criada por lobos y no por una familia con un sencillo estilo de vida.

—No sabes bailar —dijo Andres entonces.

Zara negó con la cabeza, intentando no concentrarse en las zonas donde sus manos hacían contacto, en cómo entrelazaba los dedos con los suyos o en el calor de la palma de su mano en la espalda. Solo debería intentar mostrarse complaciente, pero aquello era desconcertante, aterrador.

No podía pasar.

No podía sentirse atraída por él. La atracción no tenía sitio en su vida hasta que decidiese cómo quería que fuera. Por alguna razón, en aquel salón de baile, entre sus brazos, le pesaba su falta de experiencia. Todo estaba atado a su título; un título que nunca había podido reclamar o utilizar.

Pero cómo había sufrido por él. Pensar en eso debería hacerla sentir desolada, pero entre sus brazos se sentía protegida. Tal vez porque alguien por fin estaba tocándola. Por fin se sentía conectada con otro ser humano.

—¿Te gusta mi pelo? —Zara no era capaz de mirarlo a la cara para no pillarlo en una mentira.

—Sí —respondió él—. Aunque antes también me gustaba. Debo confesar que hay algo cautivador en ese aspecto tuyo tan salvaje.

Zara levantó la cabeza. Andres seguía abrazándola, pero ninguno de los dos estaba moviéndose. Aquella no era forma de dar una clase de baile y, sin embargo, no quería interrumpir la conversación.

—¿Qué es lo que te gusta de mi lado salvaje?

–Eres orgullosa, fuerte, dices lo que piensas sin que te importe la opinión de los demás. ¿Cómo no voy a sentirme intrigado?

–¿Tan importante es la opinión de los demás?

–Estoy rodeado de gente que sabe comportarse –respondió Andres, desviando la conversación–. Es agradable conocer a alguien a quien eso no le importa.

–He pasado muchos años comportándome como exigía mi comunidad.

–Cuéntame –Andres empezó a moverse de nuevo, en un baile sin música.

Zara intentó seguir sus pasos sin pisarlo.

–¿Quieres que te hable de mi vida con el clan?

–Cuéntame qué hacías allí.

–No es fácil de explicar. Cuidaban de mí, pero yo no era uno de ellos –empezó a decir Zara. En el palacio, con aquel vestido, de repente se dio cuenta de que era verdad–. Vivía entre ellos, pero no puedo decir que fuese aceptada. Quería creer que el líder del clan y su mujer me veían como a una hija, pero cuando tuvieron hijos propios quedó claro que no era el caso –nunca había dicho aquello en voz alta, de hecho, ni siquiera había querido pensarlo–. Cuidaban de mí, pero no eran mi familia. Mantenían cierta distancia y esperaban que yo hiciese lo mismo.

–Entonces, ¿no fuiste una niña salvaje?

Zara esbozó una sonrisa.

–Sí, lo fui. Tenía toda la libertad que un niño pueda soñar. Pasaba mucho tiempo paseando por el bosque sola, hablando conmigo misma o con los árboles.

–¿Te sentías sola? –le preguntó Andres, con un tono de preocupación que la emocionó tontamente.

–No sé cómo responder a eso. Era mi vida y no sabía que estuviese perdiéndome nada.

Era aquel sitio, aquel hombre, lo que hacía que pensara en todo lo que no había tenido. En la vida que debería haber vivido, en los años que había pasado sin que nadie la tocase.

Andres y ella no eran amantes y, sin embargo, la tocaba frecuentemente. Como si fuese algo normal. Estaba tocándola en ese momento, apretándola contra su pecho, y ella estaba empezando a olvidar su objetivo. Olvidaba que solo estaba haciendo un papel para poder utilizar su confianza más adelante.

En aquel momento solo podía pensar en el roce de sus manos por encima de la tela del vestido, en lo que había sentido cuando le dijo que estaba preciosa.

Pero ¿qué importaban todas esas cosas? ¿Qué importaba la belleza? Nunca antes le había importado.

Apartó la mirada, intentando recuperar el control de sus pensamientos.

—¿Y tú?

—Yo no me perdía por el bosque –respondió Andres.

Había algo extraño en su voz, aunque no podría decir qué era.

—¿No te sentías solo?

—El palacio siempre estaba lleno de gente y a mí siempre me han gustado las fiestas.

Al ver la descarnada emoción que brilló en sus ojos por un momento se preguntó si también él habría sentido el peso de su título, si alguien lo había valorado como hombre y no como príncipe.

—Eso no importa. El campamento estaba lleno de gente, pero yo no era uno de ellos. Todos compartían espacio, caravanas. A veces dormían juntos alrededor de una hoguera. La familia es lo más importante en el clan y yo no tenía ninguna.

—Yo tengo una familia –dijo Andres con voz ronca.

—¿Tus padres también han muerto?

Era una pregunta muy inapropiada y lo sabía. Andres era a veces directo, sin tacto alguno, pero por elección, no por accidente. Otras veces hablaba con rodeos, disimulando, envolviendo la realidad en algo más soportable. Pero ella había sido criada en un ambiente en el que las palabras no se malgastaban. Donde la honestidad y el honor importaban. Aun así, lamentó haber hecho la pregunta.

—Mi padre ha muerto —respondió él por fin—. Mi madre vive. Al menos, que yo sepa.

—Pero no está aquí.

—No, hace años que no vive en el palacio.

—¿Dónde está?

—Ni mi hermano, ni el Servicio Secreto de Petras podrían responder a esa pregunta. Cuando desapareció lo hizo del todo. No porque fuese particularmente hábil, sino porque hizo algo que nadie esperaba que hiciese.

—¿Qué hizo?

Esperaba que él cortase la conversación, que la regañase por ser tan indiscreta. En lugar de eso, sonrió.

—Se marchó, sin más. Solo con la ropa que llevaba puesta.

—¿Por qué?

Zara había imaginado hacer eso, pero no tenía dinero, ni documentos, ni experiencia profesional, nada. Y, sin embargo, la madre de Andres lo había hecho.

—Sospecho que todo era demasiado para ella.

—¿Ser una reina?

Andres dejó de moverse entonces, pero no la soltó.

—No lo sé, quizá.

No era sincero con ella y eso la frustraba. Hacía que quisiera golpearlo en el pecho hasta sacarle la verdad. Aunque no debería importarle.

—Tal vez también será demasiado para mí.

Él soltó su mano de repente para tomarla por la barbilla.

—No vas a dejarme.

Zara se quedó sorprendida por su intensidad, por su apasionado tono.

–No –murmuró, sin saber si estaba diciendo la verdad.

–Bailas bien –dijo él, dando un paso atrás, quizá asustado de sus propias palabras.

–Gracias –murmuró Zara.

Había descubierto algo sobre él y Andres intentaba esconderse.

–Sugiero que pases los próximos días pensando en la mejor manera de presentarte ante el pueblo de Petras. A finales de esta semana se celebra una fiesta tradicional y entonces haremos nuestra presentación. Tendrá lugar aquí, en el palacio, y habrá invitados importantes.

La máscara estaba firmemente en su sitio. Se le había caído un momento, solo un momento.

–Yo no tengo que decir nada, ¿verdad? –preguntó Zara, horrorizada. Ella nunca había tenido que hablar en público.

–No. De hecho, será mejor que no digas nada. Si puedes estar callada, mostrarte encantadora y no roer los huesos de pollo, todo irá bien.

Zara frunció el ceño.

–No tengo la costumbre de roer los huesos de pollo.

–Contigo no puedo estar seguro.

–¿Se trata de un evento importante?

–Será tu primera aparición pública conmigo. Y, como yo nunca aparezco con una mujer en los actos oficiales, será un día importante.

Zara abrió la boca para protestar, pero, antes de que pudiera hacerlo, Andres se dio la vuelta para salir del salón, dejándola con su vestido de noche y una sensación de vacío en el estómago.

Capítulo 6

ZARA sospechaba que su vestido había sido elegido para suavizar su aspecto. De seda de color azul claro con escote cuadrado, terminaba por debajo de la rodilla. Llevaba el pelo recogido en un moño y el maquillaje era mucho más sutil de lo habitual. Tal vez habían pensado que dándole un aspecto sobrio sería más difícil que comiese con las manos.

Aunque, en su caso, las apariencias engañaban. Estaba desesperada por escapar de aquel matrimonio forzado y empezaba a pensar que fingirse dócil y complaciente no iba a llevarle a ningún sitio. Si Andres no la ayudaba, tendría que hacerlo sola.

Sus dedos estaban helados y temblaba un poco, posiblemente de frío. Había empezado a nevar por la noche y la temperatura había bajado mucho. Petras tenía frontera con Grecia, pero estaba en medio de las montañas y el clima se parecía más al de Tirimia que al de su vecino mediterráneo. Y aunque estaba acostumbrada al frío, por alguna razón en ese momento la afectaba de una forma extraña. Desde luego, no eran nervios. No sería difícil sentarse a la mesa y comer. Podía hacerlo sin humillar a nadie.

Pensara Andres lo que pensara, ella no era un animal salvaje.

Los invitados empezaron a entrar por las puertas del palacio y Zara se escondió en una alcoba, con el corazón acelerado.

Muy bien, estaba nerviosa. No sabía por qué. No se jugaba nada en esa presentación que no tenía nada que ver con ella.

Entre la gente vio la oscura cabeza de Andres, más alta que el resto. Era como ver un salvavidas en medio de una tormenta, alguien familiar, una boya a la que agarrarse en un proceloso mar.

Él giró la cabeza y sus ojos se encontraron. Se abría paso entre la gente con su mera presencia y Zara bajó las manos, intentando controlar su nerviosismo.

–¿Dónde estabas? –le preguntó él.

–Aquí. No me dijiste dónde debíamos encontrarnos.

–No esperaba encontrarte escondida en un rincón.

–No estoy escondida –protestó Zara, aunque eso era precisamente lo que estaba haciendo.

–Kairos y Tabitha vienen hacia aquí. Entraremos detrás de ellos, pero antes tengo algo para ti.

–¿Para mí?

Nunca antes había recibido un regalo y no sabía cómo reaccionar. Le dolía el pecho, no sabía por qué. Y tampoco sabía qué hacer al respecto.

Era una sensación similar a quedarse sola en la caravana mientras todos los demás estaban alrededor de una hoguera.

–Ven aquí –dijo Andres.

No esperó a que lo obedeciese. La tomó del brazo y tiró de ella hacia el pasillo. Zara contuvo el aliento cuando se metió una mano en el bolsillo de la chaqueta para sacar una cajita de terciopelo.

–No –murmuró, asustada.

–Esto era inevitable –Andres abrió la caja y reveló exactamente lo que ella había temido–. Actúas como si te ofreciese una tarántula y no un anillo de diamantes.

Zara miró el precioso anillo, una banda de platino

con una enorme piedra cuadrada en el centro. Ella hubiese preferido una tarántula, francamente.

–Ya sabes lo que pienso sobre este matrimonio. Yo no... no me dijiste que fuésemos a hacerlo oficial hoy mismo.

–Acudirás conmigo a uno de los eventos más importantes que tienen lugar en el palacio y eso no es nada ambiguo. El anillo es de rigor.

–Entonces, tal vez no haga falta –sugirió ella.

–No, las cosas no son así. Te he hecho promesas que pienso cumplir y se han hecho concesiones para que te sientas todo lo cómoda posible, pero tú no das las órdenes, Zara. Tú no diriges este espectáculo.

Zara se encontró alargando la mano sin saber por qué. Andres estaba amenazándola, pero mantuvo la mano firme mientras sacaba el anillo de la caja para ponérselo en el dedo. Era pesado y el peso parecía llegar hasta su pecho.

–Bueno, es hora de irnos.

Le tomó la mano en la que le había puesto el anillo y entrelazó los dedos con los suyos para llevarla al salón de baile. Y Zara fue con él porque estaba como adormecida y sería difícil protestar cuando no estaba segura de si sus pies pisaban el suelo.

No. Aquello no era lo que quería. Necesitaba más tiempo. No estaba preparada.

«Él dijo que nos casaríamos por Navidad, a finales de mes. Solo quedan un par de semanas. ¿Qué habías pensado?».

No había pensado. Había querido olvidar que la habían entregado a Andres como si fuera un objeto. Un regalo de Navidad para el hombre que lo tenía todo.

Y había tomado posesión de ella como si lo tuviera todo. La había hecho sentir como si tal vez hubiera una conexión entre ellos, pero evidentemente no era así o no podría forzarla a hacer aquello. Y estaba forzándola.

Le asombraba cómo la gente se apartaba a su paso. Nadie los rozó siquiera mientras se dirigían hacia una mesa opulenta y fabulosamente engalanada. Reconoció al rey Kairos de inmediato. No podía olvidar al hombre ante quien había sido expuesta como si fuera un objeto deseable. Sentada a su lado había una mujer rubia, elegante y bellísima como una joya.

De repente, entendía por qué Andres pensaba que era una criaturilla salvaje.

En comparación con aquella mujer, que tenía que ser la reina Tabitha, cualquiera parecería una criatura salvaje. Sus movimientos eran gráciles, su postura impecable. Incluso sus expresiones faciales eran elegantes, distinguidas. Su sonrisa parecía sincera y hasta cuando no hablaba parecía serena. Ni aburrida, ni cansada, ni disgustada.

Andres apartó una silla para ella y Zara se sentó.

Tabitha se volvió entonces para mirarla y Zara observó por primera vez el hielo bajo el azul de su mirada. Era más enérgica de lo que parecía.

—Te presento a mi prometida, la princesa Zara —dijo Andres—. No sé si Kairos te lo ha contado, pero él ha hecho de casamentero.

Tabitha se volvió para mirar a su marido.

—Kairos no me ha contado nada y me sorprende que él sea el responsable. Normalmente, no le interesan los romances.

—¿Quién ha dicho nada de romances? —replicó Kairos.

Zara no sabía mucho sobre relaciones, pero podía ver cuando alguien intentaba disimular su enfado y eso era lo que estaba pasando allí: Tabitha y Kairos estaban enfadados.

La reina sonrió, pero era una sonrisa forzada. De cerca, la fachada no se sostenía.

Le parecía estar mirando su propio futuro, atada a un hombre que no podría estar más aburrido con ella. Fingiendo ser feliz mientras por dentro lo único que deseaba era ponerse a gritar.

Manipulada por el destino, viviendo una vida al lado de un hombre que no sentía nada por ella.

Cuanto más se enfrentaba a la posibilidad de una vida sin poder elegir, más entendía lo infeliz que había sido durante años.

Había sido capaz de soportarlo porque había una luz de esperanza para el futuro, pero un futuro diferente. Uno decidido por ella y no forzado. Así había soportado el silencio, la distancia, imaginando que después habría algo más.

Miró de nuevo a Kairos y Tabitha y vio la distancia que había entre dos personas sentadas una al lado de la otra.

Luego tomó su tenedor y lo dejó caer sobre el plato. El estruendo sorprendió a todos en la mesa. Zara sonrió.

–Lo siento.

No lo sentía en absoluto.

No iba a dejarse morir en silencio. No iba a actuar como si no pasara nada. Debía aprovechar el momento y, si Andres no estaba dispuesto a escucharla, entonces utilizaría a Kairos y Tabitha y su necesidad de decoro por encima de todo. Si solo iba a casarse por Kairos, haría que Kairos la quisiera fuera del palacio. Mientras no la devolviesen a sus captores encontraría la forma de salir adelante.

Sintió la mano de Andres en el muslo y se volvió para mirarlo. Su expresión era seria, de advertencia.

Pero no era tan fácil intimidarla y esbozó una sonrisa.

–¿Algún problema?

–No, en absoluto –respondió él con tono suave. Engañosamente suave.

Él no creía en su sonrisa como ella no creía en su calma.

–Me alegra saberlo.

Andres apretó su mano.

–Estás muy dócil.

Zara pestañeó.

–Lo soy, mucho.

–Será mejor que sigas siéndolo –le advirtió él bajando la voz.

–Por supuesto, querido.

Momentos después, los camareros empezaron a servir la ensalada, pero tuvieron que detenerse a su lado porque el tenedor estaba en el centro de su plato. Zara lo apartó, sonriendo dulcemente a Andres, que la miraba con suspicacia.

Y tenía todo el derecho a ser suspicaz porque iba a portarse muy mal.

Comió su ensalada sin ceremonias, atacando la lechuga sin pausa. Notó que Andres la miraba por el rabillo del ojo y se llevó un dedo a la boca para chupar una inexistente gota de aderezo.

Vio un brillo de ira en sus ojos, pero allí, entre tanta gente, no podía hacer nada. Saber eso hizo que experimentase una oleada de poder. Era imprevisible y en aquel sitio seguramente eso era muy inquietante.

–Ah, pollo –comentó al ver que el camarero se acercaba con una bandeja–. Qué bien, ahora podré roer los huesos.

–No me pongas a prueba, Zara –le advirtió él–. No te gustará el resultado.

–¿Ah, no?

–No, en absoluto.

–Eres tú quien me está poniendo a prueba.

–¿Yo?

–Al ponerme un anillo en el dedo antes de entrar aquí, cuando te había dicho que no estoy preparada para el matrimonio.

Zara tomó un muslo de pollo con los dedos, pero, cuando iba a morderlo, Andres se lo quitó de la mano y tiró el contenido del plato a un tiesto cercano.

–Canalla –murmuró ella.

–Demonio –replicó Andres.

–Tengo hambre.

Nadie parecía haberse dado cuenta de lo que estaba pasando, lo cual era irritante porque la intención de Zara era precisamente montar una escena. Pero una que pareciese... accidental. Quería fingir que era incapaz de hacer su papel porque si Kairos se daba cuenta de que era a propósito insistiría más en ese matrimonio.

–Te has comido la ensalada a toda velocidad.

–No me gusta que jueguen conmigo.

–¿Y crees que estoy jugando? –Andres se inclinó para hablarle al oído, quemándola con su aliento–. Soy un monstruo. Eché a mi madre del palacio con mi comportamiento. ¿De verdad quieres ponerme a prueba? Recuerda que no tienes dónde ir.

Zara se dio cuenta de que Tabitha estaba mirándolos.

–Me lo he comido tan rápido que cualquiera diría que he tirado el contenido a un tiesto –bromeó.

–Habrá que felicitar al chef –sugirió la reina.

Tabitha poseía una distinción que ella no tendría nunca. Aunque lo intentase. Y en aquel momento estaba decidida a no intentarlo.

Había una guerra declarada entre Andres y ella. Una guerra silenciosa, pero decidida. Una que, tenía la impresión, podría volverse cruenta.

–El postre se servirá después de mi discurso –intervino Kairos.

–Estupendo –Zara sonrió mientras calculaba mentalmente cuál sería el siguiente paso.

Los camareros se llevaron los platos mientras su estómago protestaba. Iba a quedarse sin comer y Andres pagaría por ello.

Kairos y Tabitha se levantaron para dirigirse al otro lado del salón, pero, cuando ella iba a hacer lo propio, Andres la tomó del brazo.

–¿Qué haces?

Él no respondió. Se limitó a llevarla entre los invitados, usándolos como escudo para escapar sin llamar demasiado la atención.

Salieron al pasillo por una puerta lateral y la empujó hacia la alcoba en la que antes había intentado esconderse.

–No me pongas a prueba –le advirtió con tono helado.

–¿Por qué no? Tú lo estás haciendo conmigo.

–Pero soy yo quien tiene el poder, pequeña.

Zara no pensó en lo que hacía hasta que fue demasiado tarde. Empujada por la rabia y la frustración, se dejó llevar por el instinto y bajó una mano para agarrar la parte más vulnerable del cuerpo masculino.

–¿Ah, sí? Entonces debería encontrar alguna forma de tener el control.

El pulso le latía en los oídos como una bestia enfurecida. La ira, y algo más a lo que no podía poner nombre, la hacía temblar.

–¿Es una amenaza o una promesa? –preguntó él, con la voz más ronca de repente.

Zara se inclinó hacia delante y le rozó el cuello con los dientes.

–Las dos cosas.

Andres le pasó un brazo duro como el acero por la cintura.

–Me has mordido, pequeño monstruo.

–Tus preocupaciones no eran infundadas. Te aseguro que, al contrario que tú, yo no amenazo en vano.

–Espero que sea verdad –Andres empujó las caderas hacia delante, dejando claro lo que conllevaba el cumplimiento de esa amenaza.

Zara sintió que le ardían las mejillas, pero no lo soltó. No iba a dejar que viese cómo la afectaba. Estaba amenazándolo, no estaba tocándolo porque quisiera hacerlo.

Aun así, el roce de su cuerpo la afectaba. Y el hecho de que estaba creciendo bajo su mano.

¿Cómo era posible? ¿Cómo podía excitarlo aquello?

Se dio cuenta entonces de que estaba jadeando y que sentía calor en cierto sitio que jamás había sido tocado por otra persona. También ella estaba excitada. Y eso, más que nada, hizo que quisiera hacerle daño. Hacer que lamentase haberla puesto en aquella situación. No quería estar allí, no quería estar en el palacio, comprometida con un hombre al que no conocía. Atrapada en otra situación que ella no había elegido.

Se encontró apretando el rígido miembro por encima del pantalón, pero cuando vio el brillo del anillo de compromiso en la mano con la que apretaba levantó la cabeza... y fue un error.

Andres la aplastó contra la pared e inclinó la cabeza para deslizar la lengua entre sus labios, demostrando lo que había dicho antes, que él tenía el poder. Ella no podía hacer nada en ese momento. Nada más que rendirse al calor que recorría su cuerpo, a la corriente eléctrica que quemaba su piel con una intensidad que no había imaginado nunca.

Apretaba sus caderas con manos firmes y seguras

mientras buscaba restitución por su vano intento de llevar el control.

Se apartó luego para liberar su mano atrapada entre los dos, levantándola para ponerla contra la pared y apretarse más contra ella.

–¿Quieres pelea? –rugió sobre su boca–. Puedo pelear, Alteza. No tenemos por qué hacerlo fácil. Pero si quieres ponerme a prueba debes estar preparada para lo que pueda pasar. No sé con qué clase de hombres has tratado en el pasado, pero a mí no se me puede manipular tan fácilmente.

Se apretó contra ella de nuevo, mostrándole lo que había provocado con su gesto de rebeldía.

Zara debería estar enfadada, disgustada. En lugar de eso, se sentía más poderosa. No le había hecho daño, pero había conseguido hacerlo reaccionar. No solo lo enfadaba, también lo excitaba. Había pasado toda su vida siendo ignorada y despertar tal respuesta de un hombre era gratificante.

No sabía que un beso pudiera ser tantas cosas, que pudiera servir a tantos propósitos. Que pudiera hacerla sentir ardiendo, helada, temerosa, embelesada. Pero así era. Era todo y, sin embargo, nada de lo que debería haber permitido que ocurriese entre ellos.

Pero había ocurrido y era demasiado tarde para detenerlo. Ni siquiera estaba segura de querer detenerlo. Su corazón latía con tal fuerza que temía que escapara de su pecho.

Estaba furiosa. Con él, con aquello. Quería castigarlo. Quería que pagase por hacerla sentir tan impotente. Incluso cuando era cautiva en el palacio de Tirimia pensaba que había alguna esperanza. En Petras no estaba encadenada, nadie la amenazaba, pero le habían robado toda posibilidad de elegir. Le habían demostrado lo pequeña que era en un país que no conocía. No podía volver a Tirimia y tampoco podía volver al único hogar que había conocido desde los seis años, por miedo a lo que pudieran hacerles a sus protectores.

Él la había hecho famosa. Ponerle un anillo en el dedo y hacerla desfilar delante de toda esa gente le había robado el anonimato.

Quería que Andres entendiese lo impotente que se sentía. Que lo sintiese él también. Si iba a tomar decisiones por ella, entonces se aseguraría de que sintiera el peso de esas decisiones. Sería una rueda de molino alrededor de su cuello. Sería su castigo.

Reclamó su boca para morderle el labio inferior y él dejó escapar un gruñido mientras la apretaba contra la pared, consumiéndola como si fuera el postre que estaban perdiéndose.

Había pasado muy poco tiempo imaginándose cómo sería ser besada por un hombre. Había añorado sonrisas más que el contacto físico, pero no había pensado demasiado en ello. Y, cuando lo hacía, todo era suave, tierno, lento.

No había esperado aquella explosión. No había esperado el nudo de emoción y deseo que no era capaz de deshacer. No había esperado sentir ese beso en cada centímetro de su ser, en los rincones más secretos de su cuerpo.

Pero Andres era un confeso mujeriego sin decencia ni vergüenza, él mismo lo había dicho. Ese era su escudo, su experiencia; como el traje de chaqueta perfectamente cortado que lo separaba de ella.

Sin pensar, empezó a tirar del lazo de su corbata. Andres seguía besándola, deslizando la lengua en lo más profundo de su boca, saboreándola, atormentándola. No podía separar sus sentimientos. No podía separar lo que era deseo y lo que era rabia. Todo se había convertido en una bola de intensidad en su pecho que amenazaba con estallar si no hacía algo, si no encontraba una salida.

Se sentía empujada por algo desconocido. No era una estrategia o algo premeditado. Sin pensar, le abrió la camisa de un tirón, los botones saltaron por todas partes, y puso una mano en su torso, gratificada cuando él se apartó, dejando escapar el aire entre los dientes. Sí, lo afectaba. Había roto el muro que los separaba. Estaban peleando, aquella era una lucha por llevar el control. Y también algo completamente diferente.

Su torso estaba cubierto de vello y la sensación al tocarlo era rara, tentadora. Zara admiró los músculos bien definidos. Era un hombre, tan diferente a ella. Había pasado gran parte de su vida rodeada de hombres, pero nunca había apreciado las diferencias. Aunque sí las apreciaba en ese momento.

Andres clavó los ojos en ella mientras bajaba una mano para quitarse el cinturón. Deslizó la fina piel por la hebilla de plata sin dejar de mirarla a los ojos. Sabía que lo hacía para saber si estaba asustada, para ver si quería que parase. Zara no sabía si quería que lo hiciera. Tenía una vaga idea de lo que iban a hacer, pero no la asustaba.

Andres levantó la falda del vestido, dejando sus piernas al descubierto, y metió una mano entre sus muslos, el roce le despertó un inesperado estremecimiento. Experimentó una sensación de ardiente placer cuando rozó el capullo de nervios escondido allí. Estaba húmeda y él lo utilizó para provocar una oleada de placer que amenazó con tragársela entera.

Aquello ya no era una pelea, sino una rendición. Y ni siquiera podía lamentarlo.

No dejaba de mirarla a los ojos mientras la tocaba, quitándole el aliento, llevándola hacia un sitio desconocido. Y en ese momento, en sus ojos no había furia. Estaban conectados.

Él apartó a un lado las bragas, empujando su pelvis contra ella, el calor del miembro desnudo la sorprendió y excitó como nada antes. Cuando la dura punta del miembro masculino empujó en su húmeda entrada, Zara se preguntó por un momento si debería tener miedo. No era así. No podía sentir miedo. Lo quería más cerca. Quería capturar ese momento luchando en el mismo bando que él, buscando el mismo objetivo: estar conectada con otra persona como no lo había estado antes.

No estar sola.

Cuando empujó hacia arriba sintió un agudo dolor. Un grito escapó de su garganta, pero fue tragado por el rugido de Andres, que hundió la cara en su cuello, apartándose ligeramente para empujar de nuevo. Zara gimió, mordiéndose el labio inferior y cerrando los ojos con fuerza para contener las lágrimas.

Pero el dolor desapareció enseguida, reemplazado por la extraña sensación de estar siendo invadida, colmada. Pero también experimentaba una sensación de seguridad, de ser parte de otra persona como no lo había sido antes.

La llenaba y, mientras lo hacía, llenaba también el vacío que había en su pecho desde que era una niña, arrancada de su hogar. Sola en el mundo.

Pero ya no estaba sola.

Zara empezó a seguir su ritmo, su cuerpo cedía a los avances masculinos por instinto. Y aprendió enseguida que rendirse le daba un poder que nunca hubiera creído poseer.

Andres la besó, apretándose contra su cuerpo, y Zara apenas tuvo tiempo de agarrarse a sus hombros antes de salir volando a un sitio que no conocía. Agotada, temblando y dependiendo de él para no caer al suelo.

Se veía envuelta en oleadas de sensaciones para las que no estaba preparada. No tenía defensas porque no se lo había esperado. No sabía que sería así. No tenía ni idea.

Mientras él dejaba escapar un rugido de placer, Zara envolvió los brazos en su cuello para sujetarse, enredando los dedos en su pelo. Andres se quedó inmóvil un momento, respirando con fuerza antes de apartarse. Dejándola fría, helada, vacía.

Pero aún conectada con él.

La conexión debería haberse roto, ¿no? Ya no estaba dentro de ella y debería notar el cambio.

Pero cuando miró sus ojos oscuros, vacíos, supo que para él todo había terminado. Ninguna parte de ella se había quedado con él.

Y entonces, como para confirmar sus sospechas, Andres se dio la vuelta y se alejó por el pasillo, dejándola contra la pared, temblando y cambiada para siempre.

Capítulo 7

ANDRES volvió a su habitación furioso consigo mismo. No podía regresar al salón después de lo que había pasado. Además, Zara le había destrozado la camisa.

Y él la había dejado allí, igualmente destrozada, alterada.

Pero él no arreglaba las cosas, las destrozaba aún más, de modo que no tenía sentido quedarse. No había podido hacerlo.

Odiaba el aislamiento, pero era la única forma de recuperar el control después de algo así; o eso le habían dicho desde que era niño.

Era la razón por la que su madre solía encerrarlo en su habitación después de una pataleta. Por lo que era condenado a quedarse en el palacio cuando la familia real acudía a un acto oficial.

Tenía que hacer algo, cualquier cosa, para calmar al monstruo que había dentro de él y que se había apoderado de su sentido común.

La imagen de Zara rasgando su camisa, con los botones repiqueteando sobre el suelo de mármol, apareció en su mente entonces. El brillo de sus ojos era oscuro, salvaje y auténtico. Para un hombre que no sabía cómo ser auténtico, eso era alarmante.

Pero no era eso lo que lo turbaba.

Había perdido el control. Civilizar a Zara era una

cosa, pero civilizarse a sí mismo... era ahí donde fracasaba. Estaba rompiéndose por dentro. Tantos años convirtiéndose en el hombre que era desaparecían, empujados por la oleada de deseo que Zara inspiraba en él.

La mujer era nueva. El fracaso no lo era.

Su mejor esfuerzo no había sido suficiente. De niño era el único que dejaba caer los cubiertos en la mesa oficial, el que se movía inquieto en la silla, el que se metía bajo la mesa para buscar el pan que había tirado sin querer. Nunca había sido capaz de controlar sus impulsos. A veces se le ocurría algo y lo decía sin pensar. Su padre lo fulminaba con la mirada, Kairos fingía que no pasaba nada. Su madre se ponía a llorar como si lo hubiera hecho para molestarla a ella personalmente. Como si quisiera hacerle daño.

Ella lo sentía todo tan profundamente, era tan sensible... Hacía un simple ruido y la pobre mujer se ponía a temblar. Entonces nunca lo había entendido.

Pero, por fin, le impidieron acudir a cualquier acto oficial. La soledad era frustrante, pero mejor que fracasar. Cada almuerzo oficial, cada servicio religioso, cada concierto... todo parecía diseñado para condenarlo.

Entonces llegó el último banquete de Navidad. El último al que había acudido su madre.

Lo había intentado, pero fracasó una vez más. Y cuando su padre le secó las lágrimas de la mejilla, supo que serían las últimas lágrimas que derramaría por él.

Para que dejase de hacerla llorar, no volvería a verlo.

Ninguno de ellos volvió a verla. Por su culpa.

Kairos nunca lo había culpado porque era demasiado honorable como para hacer tal cosa. Kairos solo lo criticaba por haber perdido a su prometida y nunca tanto como Andres se merecía. No, jamás lo culparía por la marcha de su madre.

Su padre sí lo había hecho. En voz alta. Y Andres no

había podido discutir porque era cierto. Lo había sabido entonces, lo sabía en ese momento.

«Nunca llegarás a nada. No eres más que una decepción. Jamás tendrás éxito en la vida».

Había sabido entonces que era verdad y decidió hacer lo que quería hacer. De todas formas, odiaba la vida en el palacio. ¿A quién tenía que complacer? Su padre lo creía un inútil sin redención, su madre se había ido. Kairos lo soportaba con la paciencia de un hermano mayor, y no parecía importarle lo que hiciera mientras no lo afectase a él directamente.

Su indiscreción con Francesca sí lo había afectado. Y mucho. Era por eso por lo que estaba intentándolo. Por Kairos. Porque su hermano lo quería, a pesar de que siempre le había dado problemas. A pesar de ser una decepción. Estaba intentándolo y Zara quería que fracasase.

Por eso la había sacado del salón, por eso había permitido esa lucha de poder.

Cuando lo agarró por donde más dolía su intención era amenazarlo y él no era tan ingenuo como para pensar que no hubiera seguido adelante. Zara era una superviviente, una luchadora. No debía subestimarla.

Había anticipado que enfrentarse al compromiso y el matrimonio no sería tarea fácil, pero no que perdería la cabeza por completo y la tomaría en medio de un pasillo del palacio. En público, donde cualquiera podría haberlos visto. Sí, estaban en una alcoba ligeramente escondida, pero si alguien hubiera salido del salón...

No era así como se esperaba que un príncipe tratase a una princesa. Y, desde luego, no era lo que Kairos habría hecho con Tabitha. Por supuesto, su hermano era una autoridad en matrimonios infelices, eso quedaba cada día más claro.

Y eso también era culpa suya. Sus actos habían forzado a Kairos a casarse con Tabitha. Ese era el pecado que debía expiar.

Y Zara estaba poniendo las cosas difíciles solo por obstinación. No tenía dónde ir, él no la trataba mal...

¿Lo que acababa de pasar no era tratarla mal?

Andres entró en su habitación y cerró de un portazo. ¿Cómo podía haber hecho tal cosa? ¿Cómo podía haber perdido el control de ese modo?

Había demostrado que no era más que el chico que había sido siempre, el que no podía estar quieto ni cinco minutos, el que no podía controlar sus impulsos. La deseaba y la había tomado.

Sin preservativo.

Masculló una palabrota mientras se quitaba la chaqueta y la tiraba al suelo. Nunca en su vida había olvidado usar protección. En realidad, el suyo era un libertinaje muy controlado. No tenía que hacerlo a menudo, pero era capaz de tomar decisiones responsables.

Aquel día no lo había hecho.

En público, durante el día. Sin protección.

La puerta se abrió de golpe tras él y cuando se dio la vuelta vio a Zara mirándolo con expresión tormentosa; los ojos brillantes, el pelo negro, unos minutos antes cuidadosamente recogido en un moño, enmarañado.

–¿Cómo te atreves a alejarte de mí? –su voz temblaba de indignación.

Estaba furiosa, pero él no podía hacer nada para calmarla. En realidad, había estado enfadada desde el primer día. Ese era el efecto que ejercía en ella.

Y no le molestaba. Lo que le molestaba era el efecto que Zara ejercía en él.

–¿Querías que me quedase para iniciar un segundo asalto? Estábamos en un pasillo, cualquiera podría habernos visto –respondió, acusándola de lo que acababa de acusarse a sí mismo.

–Eso no parecía preocuparte antes.

No, era cierto. Porque no estaba pensando. Porque había perdido el control.

Andres apretó los dientes. Estaba furioso con su cuerpo por traicionarlo como siempre. Consigo mismo por sus debilidades.

Y con ella por hacerlo vulnerable.

Atravesó la habitación en dos zancadas y Zara dio un paso atrás hasta chocar contra la pared.

–¿Crees que la pared te salvará? Ya he demostrado que no es así –la rabia lo hacía temerario, cruel.

Quería usar la palabra como cuña entre ellos, para apartarla. No quería que lo mirase con deseo.

–No vas a tocarme hasta que me des una explicación.

–¿Qué hay que explicar? Te deseaba, te he tenido –dijo Andres. Sin control, sin finura, sin importarle nada. Ni siquiera le había preguntado si quería hacerlo. Sí, su lenguaje corporal dejaba claro que sentía lo mismo, pero él no sabía que Zara era virgen. Aún seguía sin estar seguro del todo. Ella había aceptado la situación, pero eso no significaba nada y le daba miedo preguntar porque era demasiado tarde.

–Y luego te has ido.

–De nuevo, Alteza, ¿qué quiere de mí?

–He pensado que podríamos volver para tomar el postre –respondió Zara con voz temblorosa.

Esa inocencia le rompía el corazón y, sin embargo, no podía evitar poner más distancia entre ellos.

–Así que has pensado que debía volver al banquete con la camisa rasgada y sin botones. Después de todo, mi criatura me los había arrancado.

«Ella no es una criatura, tú eres el monstruo».

–No soy una criatura, soy una mujer. Y creo haberlo demostrado hace un momento –replicó ella, tan altanera como siempre, tan orgullosa. Con la barbilla levantada y un brillo decidido en los ojos.

Pero también era vulnerable. Podía verlo escrito en su cara y él no podía hacer nada. No sabía cómo tratar con mujeres vulnerables. Al contrario, las hacía salir corriendo.

–Y yo soy un hombre, así que no hay nada excepcional en la atracción que hay entre nosotros.

Zara frunció el ceño.

–¿Aunque estuviéramos peleándonos?

–Especialmente porque estábamos peleándonos –respondió Andres con voz ronca.

–Eso no tiene sentido para mí.

–Entonces habrá que cuestionar a los amantes que hayas tenido en el pasado.

–No he tenido más amantes. Ni siquiera había besado a un hombre antes que a ti.

Era la respuesta que Andres había temido y el incendio de su sangre se convirtió en hielo.

–¿Ningún amante?

¿Sabría acaso lo que había explotado entre ellos en el corredor? ¿Habría entendido dónde iba? ¿Qué había hecho?

En ese momento se despreció a sí mismo. No había pensado que fuera posible odiarse más por su falta de control. Perder a su madre, lo que había ocurrido con Francesca... pensaba que eso era lo peor que podía hacer. Pero en aquel momento, mirando a la mujer enfadada y confusa que había sido virgen hasta unos minutos antes, se dio cuenta de que aún podía hundirse más en el fango.

–¿Cómo has podido sobrevivir durante tanto tiempo? –exclamó, sabiendo que estaba pagando su ira con ella–. Eres tan ingenua que no entiendo cómo no fuiste devorada por bestias salvajes en el bosque.

En los ojos de Zara apareció un brillo de indignación.

–Hoy he sentido como si fuese devorada por un lobo.

–Si te hubiese devorado, pequeña, no estarías ahí fulminándome con la mirada.

–Y si no hubieras salido corriendo como un crío asustado, no estaría aquí fulminándote con la mirada.

Por un momento, Andres se vio exactamente así, como un niño asustado fracasando de nuevo, encerrado en su habitación como castigo.

No.

Golpeó la pared con la palma de la mano, encima de su cabeza.

–Si fuese un crío no estarías tan satisfecha como pareces estarlo.

–No puedes minimizar y maximizar el impacto de lo que ha pasado en el mismo argumento –replicó ella, sin dejar de mirarlo a los ojos.

–Puedo hacer lo que quiera –Andres se apartó de ella, con el corazón acelerado–. Soy el príncipe de Petras.

Ella puso los ojos en blanco.

–Y yo soy una princesa.

–Princesa de una caravana –replicó él–. De no ser por nuestro compromiso no serías nadie en mi país. Un compromiso que tú no deseas, aunque sabes que es la única forma de ser alguien. ¿Quieres saber quién eres de verdad, sin mí? Una mujer que no tiene nada. ¿Te gustaría vivir pasando frío y hambre, estando sola de verdad?

Zara palideció y Andres sintió que se le encogía el estómago. No creía posible ser más canalla y, sin embargo, de nuevo había vuelto a equivocarse.

–No sé qué libertad esperas encontrar en eso –siguió, sin embargo–. Pero aquí, conmigo, tendrás dinero, poder, acceso a la educación, la oportunidad de hacer algo importante. No tendrás que dormir en la calle y creo que eso sería una ventaja.

Zara estaba pálida como una estatua de mármol.

–Puedo salir adelante sola –murmuró, nada convencida.

–No, no puedes. Te imaginabas que podrías tener una vida si me dejabas, y yo te he quitado esa ilusión. ¿Qué creías, que iba a financiar tu vida sin el beneficio de tenerte en mi cama?

–No –respondió ella, ruborizándose violentamente–. Por supuesto que no. Había pensado que... tal vez podría descubrir qué es lo que quiero hacer.

–No tienes estudios ni educación. No tienes experiencia de la vida. Perdóname, Alteza, pero crecer en el bosque con una banda de gente que vive en el siglo pasado no te da las herramientas necesarias para sobrevivir en una sociedad moderna.

–No soy ingenua ni estúpida. Los gritos en el palacio... Andrés, tú rezarías para no tener esos recuerdos. Ese día perdí la inocencia, así que no me amenaces como si fuera una cría. Dejé de serlo cuando tenía seis años –Zara tomó aire–. Soy la única superviviente de un terrible ataque en el que toda mi familia fue asesinada. La doncella de mi madre me sacó de mi habitación en medio de la noche... mientras escuchábamos gritos... gritos que aún puedo escuchar en mi cabeza. Gritos de mi madre, de mi padre, de mi hermano. No me queda de ellos más que esos gritos de horror y mi imaginación tejiendo imágenes terribles. No sé cómo murieron exactamente, pero he imaginado mil maneras. He tenido las peores pesadillas, así que no soy inocente en absoluto.

Sus palabras fueron como un golpe en el pecho. Andres se preguntó si alguien habría cuidado de ella. Sí, la gente que la crio se había encargado de atender sus necesidades básicas, pero se preguntaba si alguien habría cuidado de ella de verdad.

Su madre se había ido y su padre nunca había mostrado el menor interés por él, pero tenía criados, niñeras que al menos le ofrecían afecto, que le leían cuentos y lo arropaban por las noches. ¿Alguien le habría leído cuentos a Zara? Le parecería un crimen que no fuera así.

«Como si tú la hubieses tratado mejor. Has sido un bruto, le has quitado la virginidad y debías saber que era virgen. Tenías que saberlo».

También él había contribuido a su soledad. Le había fallado. Como le había fallado a su madre, a su padre, a su hermano.

Pero tenía una oportunidad de enmendar sus errores.

–Ve al baño –le dijo, incapaz de modificar su tono.

–¿Por qué?

–¿Tienes que ser siempre tan cabezota? Ve al baño.

Zara se apartó de la pared prácticamente gruñendo, pero entró en el cuarto de baño.

Andres la siguió, desabrochando los pocos botones de la camisa que le quedaban antes de tirarla al suelo, junto con la chaqueta. Intentaba controlar el calor que le recorría las venas. Aquel no era el momento. Se quitó el cinturón, los pantalones... y cuando entró en el baño estaba desnudo.

Zara lo miró con cara de sorpresa.

–¿Qué estás haciendo?

Él se inclinó para abrir el grifo de la bañera.

–Voy a darte un baño. Estoy seguro de que lo necesitas.

Zara cruzó los brazos sobre el pecho, como intentando protegerse.

–Así es.

–Entonces desnúdate.

–No sé si estoy preparada para estar desnuda contigo.

–Me temo que es un poco tarde para eso.

Zara se ruborizó.

–No es demasiado tarde. No estábamos desnudos.

–No, pero he estado dentro de ti.

El color de sus mejillas se intensificó.

–Bueno, no sé si estoy preparada para eso otra vez.

Estaba dolida y él era un monstruo. Aquello era demasiado poco, demasiado tarde, y lo sabía.

–Me marché para no hacerte daño. Y... porque era la única forma de controlarme.

–¿Qué?

–He sido un bruto contigo, he perdido la cabeza y esa era la única forma de calmarme... una especie de castigo. Me aparto de la gente cuando me porto mal.

Zara frunció el ceño.

–¿Te castigas a ti mismo?

–Cuando tengo que hacerlo.

–Ah.

Él dejó escapar un largo suspiro.

–Te juro que no voy a tocarte hasta que tú me lo pidas. Solo quiero cuidar de ti, Zara.

Si fuese otra mujer no se lo habría creído. Si fuese otra mujer, y aquel otro momento, ni él mismo se lo hubiera creído.

–Date la vuelta.

Se excitó de nuevo mientras la oía quitarse el vestido y se despreció a sí mismo por ello. Tenía buenas intenciones. Tristemente, su cuerpo no sabía cómo cumplir una promesa.

Pero lo haría, no fracasaría en aquella ocasión. Se demostraría a sí mismo que podía controlarse. Sí, hacía muchos años que no ejercitaba ningún control, pero sabía que estaba ahí. Aquello era una prueba.

La oyó meterse en el agua y cerró los ojos, intentando no imaginarse su cuerpo desnudo.

Había mostrado templanza el primer día, cuando la sacó de la bañera sin mirarla, pero no mostraría esa templanza aquel día. Aquel día, miraría. No la tocaría hasta que ella le suplicase que lo hiciera, pero la miraría.

Se volvió sin esperar que le diera permiso. Zara estaba sumergida en el agua y solo podía ver su cabeza y sus hombros desnudos.

–Un poco tarde para hacerte la virgen ruborizada –bromeó mientras se metía en el agua con ella–. Deberías haberlo hecho antes.

–Sigo siendo prácticamente virgen.

Él se rio con gesto amargo.

–Ni siquiera un poco, *agape*.

Cuando alargó un brazo para colocarla entre sus piernas, Zara no intentó apartarse.

–Pero no tengo experiencia.

Estaba decidida a pelear a cada paso y si no estuviera disfrutando tanto podría exasperarlo.

–La experiencia se adquiere con el tiempo. Aún no estás preparada para nada más.

Ella se movió y la redonda curva de su trasero rozó su miembro.

–Estás decidido a salirte con la tuya.

Andres sacó una mano del agua para sujetarle la barbilla.

–No se trata de salirme con la mía, estoy intentándolo. Por mi hermano, por mi país. Pero tienes que ser sincera conmigo.

–¿En qué sentido?

–Dijiste que habías aceptado nuestro matrimonio.

–Yo nunca he dicho eso.

–Échate hacia atrás y apoya la cabeza en mi torso.

—¿Por qué?

—¿Por qué tienes que discutir todo el tiempo?

Zara no podía responder a eso, de modo que hizo lo que le pedía. Andres miraba los pálidos globos de sus pechos, tragando saliva. En esa pose la parte superior de su cuerpo quedaba fuera del agua, revelando cada curva. Pero se había prometido a sí mismo no tocarla, de modo que se echó un poco de champú en una mano y hundió los dedos en los rizos oscuros.

—¿Qué estás haciendo?

—Lavarte el pelo.

—¿Por qué?

—No dejas de hacer preguntas.

—Y tú no dejas de hacer cosas raras.

—¿Alguien ha cuidado de ti, Zara?

—Nunca me ha faltado comida o refugio. Cuidaron bien de mí.

—No me refiero a eso. ¿Alguien hizo algo, aparte de garantizar que no te murieses de hambre?

—¿Qué más podían hacer?

Andres siguió lavándole el pelo.

—Esto, por ejemplo.

—El pelo limpio no me mantendría con vida —Zara hablaba en voz baja, aunque su tono seguía siendo desafiante.

—¿Y seguir con vida era suficiente?

—Me ha servido por el momento.

—Pero tú quieres más, por eso reniegas de nuestro compromiso.

—O tal vez simplemente no me gustas. Quizá no sea el matrimonio, sino tú.

Andres se inclinó para rozarle el hombro con los dientes.

—Te gusto. Al menos, te gusto en lo que importa.

La sintió temblar bajo sus manos.

–El sexo no lo es todo.

–Dice la mujer que es «casi» virgen. El sexo es muchas cosas... una forma maravillosa de relación, por ejemplo. Una forma de hacer que te sientas cerca de otra persona cuando no estás cerca de nadie. Y una manera estupenda de destrozar relaciones y lazos familiares –pronunció esa última frase con más amargura de la que pretendía.

–Hablas por experiencia.

–Demasiada experiencia.

–Siento curiosidad, Andres –Zara se apartó para apoyarse en el otro lado de la bañera–. ¿Por qué lo hiciste? ¿Por qué te acostaste con la prometida de tu hermano? ¿La querías?

–No, no la quería–respondió él–. No la conocía bien y no me gustaba especialmente.

–Entonces, ¿por qué lo hiciste?

Andres tuvo que tragar saliva. Se lo había preguntado a sí mismo muchas veces sin obtener respuesta.

–El alcohol, supongo. Como te he dicho, a la mañana siguiente ni siquiera recordaba lo que había pasado.

–Eso no es todo.

Andres tragó saliva de nuevo.

–Kairos era la única relación que aún no había dañado. Estaba esperando que me echase o me repudiase por alguna de mis maldades y, sin embargo, nunca lo hizo. Pero yo seguía esperando y la espera era infernal. Como tener la cuchilla de la guillotina sobre mi cuello. Sabía que caería tarde o temprano, pero no sabía cuándo, así que decidí hacerla caer.

–Pero no sirvió de nada. Kairos no te repudió.

–No –asintió él. Había puesto a prueba a su hermano y Kairos había demostrado ser superior en todos los sentidos. Había demostrado que él era el débil–. No, no lo hizo. Otra razón por la que estoy obligado a cumplir sus órdenes y por lo que debo casarme contigo.

De repente, Zara se hundió bajo el agua, sumergiendo la cabeza del todo. Luego volvió a salir y levantó los brazos para apartarse el pelo de la cara, el gesto hizo que sus pechos se sacudieran ligeramente. Eran grandes, perfectamente redondos, con los pezones de color rosa oscuro más hermosos que había visto nunca. Y entonces empezó a moverse hacia él, sus oscuros ojos estaban clavados en los suyos con expresión interrogante.

Demasiado profunda para su gusto, como si pudiera leer en su alma, en sitios donde él nunca había querido mirar.

–¿Y eso te hizo sentir menos solo, estar con ella? –le preguntó con seriedad.

–No sentí nada después de estar con ella. No lo recuerdo siquiera.

–Pero has dicho que... ¿me dejaste sola porque no sentías nada?

¿Cómo iba a decirle que la había dejado precisamente por lo contrario, que se había ido porque sentía demasiado? Porque sentía como si ella hubiese metido una mano en su pecho para clavar cristales rotos en su corazón.

–No, no fue por eso –respondió con voz ronca.

–Solo te hago preguntas porque me obligas –Zara arqueó una oscura ceja mientras deslizaba la punta de un dedo por su mentón–. Piensa en lo rápido que sería todo si fueras sincero conmigo. Eso es lo que hacíamos en el bosque.

–¿También recogíais bayas y vivíais en madrigueras con las ardillas?

–No seas malo –Zara se echó hacia delante para darle un mordisquito en el mentón–. No vivíamos con ardillas.

Andres le sujetó la barbilla entre el pulgar y el índice.

—Me fui porque perdí el control y eso no puede pasar. Eras virgen... no podías saber hasta dónde pensaba llegar. Fue un error por mi parte.

—Lo sabía, no soy tonta. Cuando vives con mucha gente te ves forzado a compartir ciertas intimidades. Sencillamente, aceptas que ciertas cosas ocurren a tu alrededor y estás obligado a apartar la mirada. He sido expuesta a ciertos hechos de la vida, no soy tan inocente.

—Ser expuesta y experimentarlo son dos cosas diferentes.

—Deja de tratarme como si fuera una niña o una criatura. Soy una mujer. Y, aunque no he podido tomar muchas decisiones sobre mi vida, sé lo que quiero.

—Lo sé.

Zara inclinó a un lado la cabeza.

—¿Te sientes culpable?

—He dicho que así es.

—No, quiero decir sobre nuestro matrimonio.

—No hay alternativa. No tiene sentido sentirse culpable.

Ella deslizó un dedo por su torso, sin dejar de mirarlo a los ojos.

—Tengo la impresión de que aquí no queda más espacio para la culpa.

Maldita mujer. ¿Por qué tenía que ser tan perceptiva?

—¿Vas a cobrarme por la sesión?

—¿Qué significa eso?

—Como los psicólogos. Cobran por escucharte hablar sobre tus sentimientos.

—Eso me parece tirar el dinero. Podrías ir al bosque y gritar hasta que te sientas mejor.

–¿Eso es lo que tú solías hacer?

–Sí, algunas veces.

Andres tomó su cara entre las manos.

–¿Qué te hacía gritar, Zara?

–La primera vez que lo hice fue tras la muerte de mis padres. Corrí por el bosque, sabía que estaba sola de verdad, así que daba igual si gritaba. En el palacio tenía que comportarme como una princesa, pero allí no tenía que ser nada. Nada más que una niña triste. Nada más que una niña solitaria. Así que grité como un lobo, no sé durante cuánto tiempo. Nadie me oyó o si lo hicieron nadie fue a buscarme. Cuando volví al campamento...

–¿Te sentías mejor?

–No, la verdad es que no, pero al menos podía respirar –Zara tocó una gota de agua sobre su torso–. Así que cuando no podía respirar eso es lo que hacía. Estaba sola muchas veces y buscaba formas de hacerlo soportable.

Andres pensó en su propia vida, en su comportamiento. Fiestas, borracheras, acostándose con cualquier mujer que despertase su interés. Así era como él combatía la soledad.

Encerrado en su dormitorio, en un palacio lleno de gente, uno no podía ponerse a gritar, así que había encontrado nuevas formas de respirar.

–Tal vez podrías llevarme a tu bosque algún día.

–¿Te sientes solo ahora mismo?

–No –respondió él. Y descubrió que era la verdad.

–Yo tampoco –Zara buscó sus labios en un beso tentativo–. Puedes tocarme ahora. Estoy preparada.

Él no se merecía que lo perdonase tan fácilmente, pero estaba dispuesto a aprovecharse y reclamó su boca en un beso nada tentativo. Había dicho que estaba preparada, le había dado permiso y demostraba saber lo que quería. Y él debía tenerla para apartar aquel dolor de su pecho, tan diferente al vacío que solía sentir.

La abrazó con fuerza y Zara le echó los brazos al cuello, con los ojos clavados en los suyos. Había algo en ellos, algo luminoso, maravillado. Y Andres supo que no se lo merecía.

Pero lo aceptaría, como la aceptaba a ella.

Reclamó sus labios de nuevo, deslizando la lengua entre ellos. Había besado a tantas mujeres, más de las que podía recordar, pero aquello era diferente. Como si fuese algo nuevo. Zara no era solo otra mujer, era Zara. Salvaje, picante, sin domar. Como el sitio del que provenía.

Sin decir nada, salió de la bañera y la tomó en brazos para llevarla al dormitorio. Los dos estaban empapados, pero daba igual. Como había hecho el primer día, la dejó sobre la cama, pero en esa ocasión miró a placer. Desde los generosos pechos a la estrecha cintura, las suave curva de sus caderas, la oscura sombra de su sexo. Gotas de agua rodaban por su piel y tuvo la fantasía de lamer cada una de ellas.

Estaba tan duro que le dolía. Ella lo hacía temblar, casi como si fuera virgen. Sus años de experiencia parecían derretirse hasta que solo quedaba Zara. Nada más que Zara.

Ella lo miraba como transfigurada.

–Nunca había visto a un hombre desnudo. A ninguno... como tú.

–¿Qué quieres decir?

–En alguna ocasión he visto a algún hombre cambiándose de ropa o desnudándose para bañarse en el río, pero nunca había visto uno... excitado.

–¿Y qué te parece?

Zara se ruborizó. De excitación, pensó Andres, no por pudor.

–Me gusta mucho. Tú me gustas mucho.

Andres no pudo controlar la risa.

–Me alegro.

Se tumbó a su lado y deslizó una mano por su pierna, inclinándose para besarle la rodilla, haciéndola temblar. Vio una gota de agua en el interior de su muslo y la lamió, acercándose a lo que deseaba. Se lo debía. Ella le había dado satisfacción en el pasillo y, aunque sabía que había recibido algo de placer durante el encuentro, no era suficiente. Le había hecho daño y por eso se merecía doble ración de placer. Era su único amante, sería su único amante para siempre. Dependía de él demostrar lo increíble que podía ser.

Aunque no era enteramente altruista por su parte. La deseaba. Necesitaba saciar el deseo que crecía dentro de él desde el día que la conoció. No había entendido cuánto la deseaba hasta ese momento, en el pasillo. Hasta que perdió el control y tuvo que hacerla suya sin pensar en nada más.

Sujetó sus caderas mientras deslizaba la lengua sobre su húmeda piel, rozando el capullo escondido que era su fuente de placer. Ella intentó apartarse, pero Andres la sujetó.

–No puedes hacer eso –dijo Zara con voz temblorosa.

–Claro que puedo –Andres volvió a pasar la lengua por el mismo sitio–. Y pienso seguir haciéndolo hasta que grites mi nombre. Gritarás hasta que no puedas respirar.

Inclinó la cabeza de nuevo para saborearla hasta que ella levantó las caderas contra su boca, gimiendo de gozo. Rozó su entrada con un dedo y lo deslizó suavemente en su interior antes de añadir un segundo, estableciendo un ritmo con los labios, la lengua y las manos. Estaba cerca, tan cerca... Húmeda y dispuesta. Y él estaba a punto de perder el control, pero había decidido satisfacerla antes de buscar su propio placer.

Y entonces, por fin, ella gritó de gozo, con los músculos internos cerrándose alrededor de sus dedos. Andres se incorporó para buscar sus labios, colocándose entre los trémulos muslos.

—¿Estás lista para mí? —le preguntó, rezando para que así fuera. Porque no le quedaba una onza de autocontrol.

—No puedo —murmuró ella, sin aliento.

—Claro que puedes. ¿No lo sabes? Esa es una de las cosas maravillosas de ser mujer, que puedes recibir placer tantas veces como quieras.

Ella negó con la cabeza, sin abrir los ojos.

—No sobreviviría.

—Claro que sí. Porque yo no voy a dejar que te pase nada.

Zara abrió los ojos entonces.

—¿De verdad?

Algo se encogió en el pecho de Andres, algo insoportable, el dolor rivalizaba con la insoportable presión que sentía entre las piernas.

—De verdad —murmuró, como una promesa. Con él no estaría sola y haría algo más: le daría la vida que anhelaba.

Se lo juró a sí mismo.

—Te creo —Zara lo miraba con tal confianza que algo parecido al pánico empezó a ahogarlo. Nadie había confiado nunca en él. Kairos lo quería, pero no confiaba en él porque no se había ganado su confianza. Pero Zara sí confiaba en él.

No se lo merecía, pero se negaba a seguir pensando en ello mientras se moría por estar dentro de ella, mientras su sangre rugía por liberarse.

La encontró húmeda y dispuesta, y entró en ella despacio, centímetro a centímetro, apartándose con cuidado para no hacerle daño. Y atormentándose a sí mismo. Se merecía un poco de tormento por todo lo que recibía a cambio.

Cuando estuvo enterrado del todo, Zara dejó escapar un gemido, pero no podía mirarla a la cara por miedo a perderse antes de empezar. No quería que terminase así, quería darle más placer. Quería asegurarse de estar dando más de lo que recibía.

Estableció un ritmo lento que los llevó a los dos al borde del abismo. La sangre latía en sus venas como una bestia, intentando devorarlo si no encontraba escape, si no encontraba la forma de aliviar la intensa sensación que crecía dentro de él, tan grande que apenas podía respirar. Zara se arqueó, aplastando los pechos contra su torso mientras deslizaba las manos por su húmeda espalda y levantaba las caderas al mismo tiempo, el instinto compensaba su falta de experiencia.

Hundió los dedos en su pelo y tiró con fuerza mientras reclamaba su boca, mordiéndole el labio inferior en un intento de dominar el encuentro. Y cuando le mordió el cuello supo que dejaría una marca real, aparte de otras marcas invisibles.

El apasionado mordisco hizo que perdiese el control, el placer estaba a punto de explotar como un volcán. No podía respirar, no podía pensar. No podía hacer nada más que rendirse ante ella.

Bajó una mano para deslizar el pulgar sobre su clítoris. Su último pensamiento, antes de que no hubiera es nada más que sensaciones, fue que necesitaba que ella también sintiese aquello. La necesitaba con él en todos los sentidos. La sintió temblar y arquearse hacia él, con los músculos internos apretando su miembro... y luego nada. Hundió la cara en su cuello con los ojos cerrados y olvidó hasta su propio nombre, perdido en el olvido, en el éxtasis.

La realidad se abrió paso poco a poco, pero al menos cuando volvió estaba con Zara.

—¿Estás decepcionada?

—No, es que... no sabía que pudiera ser así.

—Yo tampoco —dijo Andres.

Y era cierto. Había usado el sexo para muchas cosas en el pasado, pero siempre llevaba el control. Si estaba buscando una distracción o compañía temporal, eso era lo que encontraba. Pero no había llevado el control con Zara. Había sido una pelea hasta el final y en aquel momento no podría decir quién había salido vencedor.

En ese momento se sentía conquistado.

—Haré que traigan tus cosas a la habitación —anunció. Reclamaría el control de la situación, se saldría con la suya. No había ninguna razón para que durmiesen separados cuando habían descubierto esa conexión entre ellos.

Y tampoco había usado preservativo.

En lugar de maldecirse a sí mismo sintió una oleada de satisfacción. Si Zara estaba embarazada, no podría romper el compromiso. Y, aunque tenía la impresión de haberla convencido, así estaría seguro del todo.

Más tarde pensaría en el sentimiento de culpabilidad.

—¿Ahora quieres que vuelva aquí?

—Eso es lo que he dicho.

—¡Pero si me echaste!

—Y ahora quiero que vuelvas. Las cosas han cambiado.

—El sexo, quieres decir.

—Entre hombres y mujeres no hay mucho más.

Zara frunció el ceño.

—¿Eso es cierto?

–En mi experiencia, sí. Aunque entre nosotros el sexo es fantástico, no es siempre así. Nunca había sido así para mí al menos.

–Porque tienes mucha experiencia –dijo Zara, envolviéndose en una sábana.

–¿Qué haces?

–Tengo frío.

–Estás escondiéndote de mí –Andres apartó la sábana y ella emitió un suspiro de protesta–. No te escondas de mí.

No sabía por qué le importaba, pero daba igual. Solo sabía que se sentía conectado con otra persona por primera vez en mucho tiempo y no quería turbar esa sensación. No quería que se escondiese de él.

–Esto es nuevo para mí.

–Querías experimentar cosas nuevas, ¿no?

–Y parece que lo he conseguido.

Andres le envolvió la cintura con un brazo.

–Vas a ser mi mujer y eso significa que compartirás mi cama.

–Si fuese tu mujer y compartiese tu cama ya no podrías compartirla con otras mujeres –no era una pregunta, sino una afirmación.

Andres no había pensado hacerlo, pero sabía que era un nuevo desafío.

–Sí, te lo juro.

Zara miraba hacia delante, sus ojos oscuros eran indescifrables.

–Entonces, sí. Me casaré contigo.

Capítulo 8

ZARA se despertó sintiéndose diferente, pero tardó un momento en entender por qué. Tal vez porque, aunque se había despertado en la habitación de Andrés, él no estaba a su lado. Las sábanas estaban frías, de modo que debía de haberse marchado horas antes.

Se sentó, sujetando la sábana contra su pecho, y cuando miró por la ventana vio que el sol estaba alto en el límpido cielo de diciembre. Se levantó para mirar el paisaje cubierto de nieve, la luz del sol iluminaba el inmaculado manto blanco. Era tarde, pero no sabía qué hora.

Se habían ido del almuerzo el día anterior... y luego ocurrió lo que ocurrió. Habían vuelto a la habitación, se habían bañado juntos, y todo lo demás. Hasta que por fin se quedaron dormidos. En algún momento estaba segura de que había aceptado casarse con él. Miró su mano y vio que seguía llevando el anillo. Sí, definitivamente le había dicho que sí.

Y, aparentemente, llevaba doce horas durmiendo.

Suspirando, volvió a tenderse en la cama. Justo en ese momento se abrió la puerta de la habitación y se apresuró a cubrir su cuerpo desnudo.

—Ah, qué bien —Andrés cerró la puerta—. Estás despierta.

—Apenas.

—Tenemos que ir a un sitio.

—¿Qué? —Zara se levantó bruscamente—. ¿Por qué no me lo habías dicho?

–Porque acabo de enterarme y porque estaba dormida.

–Supuse que tu agenda estaría más ordenada.

Él negó con la cabeza.

–Lamentablemente, no es así. Yo no vivo en el palacio.

Eso la sorprendió. Había pensado que vivía allí. Claro que nunca habían hablado de ello.

–¿No vives aquí?

–No, tengo casa en algunas de las ciudades más importantes del mundo. Intento evitar vivir bajo el mismo techo que mi hermano.

–Entonces, ¿no viviremos aquí?

–No, a menos que sea muy importante para ti.

Zara negó con la cabeza.

–No, yo... ¿en qué ciudades tienes casa?

–En París, Londres y Nueva York.

–Me gustaría vivir en ellas. En todas ellas.

–Entonces lo haremos.

Zara sonrió. Por primera vez, la idea de casarse con él la hacía realmente feliz.

–Veo que te gusta la idea –Andres esbozó una sonrisa.

Parecía contento de que ella lo estuviera y eso la halagó. Tenía la impresión de que el sexo volvía loca a la gente y ella debía de estar sufriendo sus efectos. Había hablado con sinceridad de todo lo que sabía sobre el tema porque, por supuesto, sabía que tenía lugar en el campamento. Las caravanas no estaban precisamente insonorizadas.

Pero nunca había sentido algo así por un hombre, de modo que le resultaba extraño.

–Nunca he ido a ningún sitio. Nunca, en toda mi vida. Venir a Petras fue mi primer viaje y desde que llegué aquí no he salido del palacio.

–Pues hoy saldrás.

–Veo que lo tienes todo planeado. Estaría bien que compartieses tus planes conmigo.

–Vamos a ver una obra de teatro navideña.

Zara lo miró, perpleja. Era lo último que esperaba que dijese.

–¿En serio?

–Varios colegios locales organizan una obra navideña todos los años. Kairos y Tabitha no pueden acudir y alguien de la familia real tiene que estar allí.

–Entonces iremos nosotros.

Era parte de la familia real de Petras. Parte de una familia. Pensar eso hizo que experimentase una cálida sensación en el pecho que se extendió por sus brazos y sus manos. No se había dado cuenta hasta ese momento de que estaba helada.

–Subirán tu ropa ahora mismo.

–Si no tienes cuidado me acostumbraré a dejar que cuides de mí –le advirtió ella–. Es agradable no tener que preocuparse por los detalles.

–Yo no me preocupo por los detalles, hay legiones de empleados en el palacio para eso. Y prefiero que también se encarguen de los míos.

–Es un lujo.

–Me sorprende que no me lleves la contraria. Debería haber usado el sexo para calmarte desde el primer día.

Zara lo fulminó con la mirada, enfadada consigo misma al notar que le ardían las mejillas. Estaba segura de que no parecía tan enfadada como ruborizada o deseosa.

–No discutía contigo porque sí.

–Sí, ya sé que era por tu libertad.

Zara suspiró, contenta. Se sentía... comprendida. Nunca se había sentido así. Pero un golpecito en la puerta interrumpió la conversación.

–Debe de ser tu ropa. Te dejo para que te vistas.

–¡Estoy envuelta en una manta!

—La estilista se encargará de todo y probablemente es mejor que estés desnuda, así ahorraremos tiempo.

Zara se encogió de hombros.

—Muy bien.

—Nos veremos abajo.

Sin decir una palabra más abrió la puerta a la estilista y la dejó sola con la mujer, que llevaba en la mano una funda de traje.

Una hora después, Zara estaba en la limusina con Andres, alejándose del palacio. Las carreteras estaban limpias, pero había nieve a ambos lados, cubriendo el suelo y las copas de los pinos, aunque podía ver retazos de verde aquí y allá.

No era tan diferente del paisaje de Tirimia y, sin embargo, a medida que se alejaban empezó a parecerle distinto. La habían llevado allí por la noche, de modo que no había tenido oportunidad de ver la ciudad. Además, entonces estaba aterrorizada.

Podía ver viejas iglesias junto a modernos rascacielos, casitas junto a modernas boutiques. Había mucho movimiento, coches en la carretera, gente por la calle.

Se volvió hacia Andres, consciente de repente de lo callado que estaba.

—¿Qué haces?

—Mirarte.

—No estoy haciendo nada.

—Eso no es verdad. Estás mirando el paisaje con mucha atención y me gusta.

Zara experimentó una descarga de adrenalina y satisfacción.

—Nunca me habían dicho eso antes.

—Eres muy guapa. Todo lo que haces resulta bonito.

–¿Incluso cuando muerdo y me dedico a roer huesos de pollo?

–No lo hiciste.

–Lo hubiera hecho si tú no hubieses tirado mi plato en ese tiesto.

Andres soltó una carcajada, no una controlada o burlona, sino cargada de humor.

–Tiré tu cena a un tiesto, es verdad.

–Me debes un pollo.

–Lo tendré en cuenta.

Por fascinante que fuera el paisaje, Zara descubrió que solo quería mirarlo a él. Era guapísimo cuando se reía. Sus ojos oscuros brillaban de una forma inusual, sus dientes blancos hacían contraste con su piel. Tenía un ligero hoyuelo a un lado de la boca en el que no se había fijado antes. Lo había visto desnudo, pero aún seguía observando cosas nuevas en él y se preguntó cuánto tardaría en descubrir todos sus misterios.

De repente, experimentó una oleada de pánico porque temía que una vida entera no fuera suficiente. Le quedaba tanto por aprender sobre los misterios entre los hombres y las mujeres... Además, tenía que aprender a ser una princesa y una esposa, y no sabía cómo iba a hacer ambas cosas a la vez.

No tuvo tiempo de seguir pensando porque la limusina se detuvo frente a un enorme y bello edificio.

–La iglesia más antigua de Petras –anunció Andres, tomándola del brazo para subir los escalones.

Zara miró la enorme puerta de madera claveteada y los santos y ángeles cincelados en piedra.

El interior del edificio también era espectacular. Frente al altar había una enorme vidriera y la luz se filtraba coloreando el suelo. Había árboles de Navidad, enormes y maravillosamente decorados con lucecitas y lazos rojos.

Como había ocurrido en el palacio, la gente se apartaba a su paso. Había un asiento reservado para ellos y, cuando se sentaron, Zara notó que todos los ojos estaban clavados en ella. Al menos hasta que empezó la obra. Un grupo de niños de todas las edades, y con velas en las manos, empezaron a cantar villancicos. Los más pequeños no cantaban precisamente bien, pero sí bien alto. Los mayores conseguían armonizar, sus dulces voces hacían eco en la enorme iglesia, llenándola, llenándola a ella también.

Zara apretó la mano de Andres, intentando controlar las lágrimas. Ella no lloraba nunca. Había llorado por sus padres, por su hermano. Después de eso, nada le parecía digno de lágrimas. Y nunca antes había llorado frente a algo tan bello que parecía de otro mundo.

Cuando la obra terminó todos se levantaron y la gente se acercó al escenario para hablar con los niños.

—¿Podemos decirles lo bonito que ha sido? —preguntó Zara.

—Si quieres...

—Sí, por favor.

Siempre le habían gustado los niños. La gente del clan había sido distante con ella, pero no así los niños. Esa era su única conexión. Pasaba mucho tiempo con los niños del campamento, llevándolos de paseo por el bosque, leyéndoles cuentos.

De todo lo que había dejado atrás, eso era lo que echaba de menos.

Cuando se acercaron, los niños parecían más asustados que entusiasmados, pero era comprensible. Al fin y al cabo, Andres era el príncipe de Petras.

—Lo habéis hecho muy bien —los felicitó Andres.

Los niños bajaron la mirada, un poco cohibidos.

—Gracias —dijeron a coro.

—Lo he pasado muy bien. Habéis cantado tan bien que se me han saltado las lágrimas —intervino Zara.

Un niño al que le faltaban dos dientes la miró con cara de sorpresa.

–¿Por qué?

–Algunas cosas te hacen llorar porque te llenan de una felicidad que no puedes controlar y escapa de tus ojos a través de las lágrimas.

Al menos había pensado que era por eso. No tenía mucha experiencia.

El niño se rio.

–Eres muy graciosa.

–¿Ah, sí?

Estuvo unos minutos charlando con ellos mientras Andres se quedaba un poco atrás. Era fácil para ella. Los niños no juzgaban como lo hacían los adultos y tampoco respetaban el protocolo. No mantenían la distancia con los miembros de la familia real porque no entendían el respeto como los adultos. Y ella lo agradecía.

Andres puso una mano sobre su hombro y Zara se incorporó.

–Tenemos que irnos.

–Muy bien.

Una de las profesoras se acercó a ellos en ese momento.

–Alteza, quería darles las gracias por venir. ¿Es usted la princesa Zara?

Le sorprendió que supiera su nombre, pero seguramente lo habrían mencionado en televisión durante el almuerzo.

–Sí –Andres le pasó un brazo por la cintura–. Mi prometida.

–Se le dan muy bien los niños, Alteza.

–Me gustan los niños.

–Si quiere, podría trabajar con ellos como voluntaria. La gente viene para leerles cuentos o ayudar en el coro.

–Me encantaría –dijo Zara. ¿Cuándo la había necesitado nadie? ¿Cuándo había pensado alguien que podía ser buena para algo?

Aquello era diferente y era emocionante. Allí era donde quería estar. Las piezas de sí misma esparcidas al viento durante tantos años por fin encontraban su sitio.

Era como llegar a la cima de una montaña después de un largo camino y ver por fin hacia dónde había viajado durante toda su vida. Su destino estaba ante ella.

Una princesa en un palacio, con un príncipe a su lado.

—La ayudante de Zara se pondrá en contacto con usted —dijo Andres.

—Soy Julia Shuler —se presentó la mujer.

—Gracias, Julia. Estaremos en contacto, pero ahora debemos irnos.

—Sí, claro. Gracias por venir.

—¿Dónde vamos? —le preguntó Zara cuando volvieron a subir a la limusina.

—Te debo una cena, ¿recuerdas?

El restaurante era precioso, situado en la cima de una colina sobre la ciudad. Se sentía feliz. Tal vez porque estaban juntos en público, tal vez porque sentía como si ir del brazo de Andres fuera su sitio.

Acaso porque estaba emocionada. Iba a cenar con Andres y era algo así como su primera cita.

Apenas recordaba a la mujer que había sido el día anterior, la que había intentado sabotear su acuerdo montando una escena en el almuerzo. En aquel momento se sentía diferente, estar con él la había cambiado.

Levantó su copa para llevársela a los labios, intentando entender sus sentimientos. Estaba allí, con el hombre más guapo que había visto en su vida, bebiendo un vino delicioso. Estaba con Andres, llevaba una ropa preciosa, había una profesora que quería que trabajase con niños como voluntaria.

Era parte de una familia real.

—No tienes que trabajar como voluntaria si no quieres —empezó a decir él, antes de tomar un sorbo de vino.

–Pero quiero hacerlo. Ya te he dicho que quiero descubrir qué se me da bien. Me imagino que si me hubiese quedado en Tirimia eso es lo que habría hecho. Y tal vez podría organizar actos benéficos –Zara sonrió–. Me gustaba mucho estar con los niños del campamento porque ellos no se mostraban distantes. Sí, la verdad es que me gustan los niños.

–Eso es bueno.

Zara inclinó a un lado la cabeza.

–¿Por qué?

–Porque tendremos hijos. Y con el poco cuidado que hemos puesto, uno de ellos podría estar ya en camino.

El corazón de Zara se detuvo durante una décima de segundo.

–Ah.

Claro. No habían tomado precauciones contra el embarazo. No había pensado en ello siquiera. Debería sentirse enfadada o triste, pero no era así. Pensar en un bebé, en el hijo de Andres, la llenaba de felicidad.

Entonces serían una familia de verdad. Llevaba sola tanto tiempo y, de repente, ya no lo estaba. Andres pronto sería su marido y tal vez esperaba un hijo. Por un momento se dejó llevar por la felicidad.

–Espero que no estés disgustada –las palabras de Andres interrumpieron sus pensamientos.

–¿Por qué iba a estar disgustada? Al contrario, me siento feliz.

Andres pareció sorprendido, pero no tanto como ella. Aunque era cierto. Aquel día, él le había mostrado algo más que el palacio; no solo su país y a sí mismo, sino a otros y lo que esos otros podían significar para ella. Zara estaba empezando a sentir que era parte de algo. Parte de la gente de aquel país, de la familia real.

–Perdona que me sorprenda, pero ayer mismo intentaste que te echasen de palacio.

Zara se encogió de hombros.

—Las cosas cambian.

Vio una sombra en su expresión mientras tomaba otro sorbo de vino.

—Supongo que a veces las cosas cambian, pero la gente no suele hacerlo.

—¿Por qué eso suena tan siniestro?

—No era mi intención, solo intento ser realista. Quiero que entiendas que, aunque lo que tú quieres haya cambiado, yo no voy a cambiar.

—¿Porque eres malísimo?

Aún no había visto ninguna prueba de que fuera un mujeriego y un príncipe indolente. No era perfecto y no sabía si podría describirlo como encantador, pero le gustaba. Estaba lleno de pasión, de fuego, de intensidad. Y, aunque él quisiera negarlo, de lealtad.

Pero el dolor era más profundo que la lealtad. Un dolor que ella había oído en la historia sobre su madre, en la explicación de por qué se había acostado con la prometida de su hermano. ¿Cuánto debía de odiarse a sí mismo para intentar que los demás lo odiasen también?

—Mucha gente te diría que lo soy.

—Afortunadamente para ti, yo no soy una de esas personas y eso es muy conveniente. Dudo que quisieras casarte con una mujer que te odia.

Él se rio, el sonido fue como el filo de un cuchillo oxidado.

—Puede que sea inevitable. No lo sé porque nunca he estado casado.

—Solo será inevitable si tú quieres que lo sea. Es tu decisión.

—Y la tuya, Zara —dijo él, con una extraña capa de sinceridad revistiendo sus palabras.

—Entonces, estoy dispuesta a hacer que me gustes durante mucho tiempo.

–Muy amable por tu parte.

Un momento después apareció el camarero con dos platos. Era pollo y eso la hizo sonreír.

–Ahora me gustas más.

–Se te compra muy fácilmente.

–No olvides que soy un regalo –Zara cortó una porción de pollo y la mordió con cuidado–. He sido muy barata, gratis en realidad.

–Sí, mi pequeña cesta de fruta.

–Bueno, no tan pequeña. Enorme más bien.

–En la escala de mujeres salvajes eres más bien diminuta.

–No tengo referencias sobre príncipes mujeriegos y lo grandes o pequeños que pueden ser, pero yo diría que tú eres grande –Zara sintió que le ardía la cara mientras seguía comiendo.

–¿Estás intentando que hablemos de sexo? –en los ojos de Andres había un brillo burlón y ella decidió que conservar esa expresión sería uno de sus objetivos.

Enseñar a niños a leer, dedicarse a causas solidarias, encontrar formas de pasar el tiempo y hacer que los ojos de Andres brillasen de ese modo.

Sí, tenía cosas que hacer.

–Tal vez, pero no tengo experiencia.

–Cuéntame –Andres se movió en la silla–. ¿En qué tienes experiencia?

–Como sabes, tengo mucha experiencia explorando el bosque. También cierta experiencia con niños y cierta experiencia con el dolor. Y ahora mismo, cierta experiencia con el sexo.

El brillo de los ojos oscuros se volvió ardiente como lava.

–No la suficiente. Tendré que ampliar tu educación.

–Me parece muy bien.

–Entonces estamos de acuerdo.

Andres esbozó una sonrisa.

–¿Por fin?

–Tienes mucho poder sobre mí, pero no creo estar equivocada al pensar que también yo tengo cierto poder sobre ti.

–¿No quieres postre, Zara?

–Me gustan las tartas de fresa. ¿Por qué?

–Porque pareces decidida a no tomar postre.

–No te entiendo.

El camarero apareció en ese momento, pero Andres se levantó.

–Envíe la factura al palacio. Y nos llevaremos una tarta de fresa.

–¿Nos vamos? –preguntó Zara.

–Ahora mismo.

Andres tomó su mano y la levantó de la silla.

–¿Por qué tanta prisa?

–Porque me has tentado y ahora debo tenerte –le dijo él al oído.

Zara sintió un estremecimiento por la espalda.

–¿Debes tenerme?

–Te necesito.

Nadie la había necesitado nunca y era... tan agradable. Ya no sentía ese gran vacío en su interior, sino algo cálido, algo que quemaba como el fuego provocando una desesperada sensación que no podía entender. Desesperación por tocarlo, por estar cerca de él, piel con piel para que no hubiese distancia entre ellos, para comprobar que él sentía lo mismo.

Había dicho que la necesitaba y ella necesitaba desesperadamente que fuese verdad.

Necesitaba desesperadamente sentirse conectada con él. No solo quería encontrar su sitio en el palacio, sino al lado de aquel hombre.

Capítulo 9

LA LIMUSINA no se dirigía hacia el palacio, sino al centro de la ciudad.

–¿Dónde vamos? –preguntó Zara.

–Tengo un ático en el centro.

–Ah, eso no me lo habías contado.

–Me gusta preservar algo de misterio.

–¿De verdad?

–No, no es verdad. De hecho, tengo muy pocos secretos. Si me buscas en Internet, descubrirás todo lo que quieras saber.

Zara decidió que no tenía necesidad de buscarlo en Internet. Además, no tenía experiencia usando ordenadores y tampoco le interesaba demasiado la opinión de los demás. No la necesitaba. Ella tenía su propia opinión sobre Andres.

El coche se detuvo unos minutos después y Andres le abrió la puerta y tomó su mano para ayudarla a salir.

–Vamos, Alteza –por alguna razón, cuando la llamó así le pareció diferente. Más suave, más personal, y lo guardó en su pecho, junto con el calor que había despertado antes.

Entraron en un enorme vestíbulo con suelo de brillante mármol y grandes columnas.

–Qué sitio tan bonito.

Andres tiró de su mano para llevarla hacia un ascensor con puertas doradas.

–Te lo enseñaré más tarde. Ahora mismo te necesito en mi cama.

Las puertas se cerraron tras ellos y Zara se apoyó en la pared, llevándose una mano al pecho e intentando recobrar el aliento. Andres la deseaba, no podía contener su deseo.

Él la miró con el ceño fruncido.

—¿Qué pasa?

—Nada, es que... no me imaginaba que querría esto.

Pero así era. Quería que esa fuera su vida, quería que Andres fuera su vida.

—Supongo que está siendo diferente a lo que ninguno de los dos se había imaginado.

—¿Para ti también?

—Bueno, nunca me imaginé que mi hermano elegiría esposa para mí. Sobre todo una que había sido entregada a la familia real como regalo.

—Sí, ha sido una sorpresa para los dos.

Zara había esperado que dijese algo más y se le encogió el estómago. Sabía que la deseaba físicamente, pero el resto... no estaba tan segura.

E importaba. Importaba mucho.

Había aprendido mucho durante esos días en Petras. Había descubierto cosas sobre sí misma que no se imaginaba. Pero ¿cómo podía querer a aquel hombre de forma incondicional y, sin embargo, desear que cumpliese mil pequeñas condiciones en las que no había pensado jamás hasta que sintió su falta?

Una cosa era segura: una vida de aislamiento era más sencilla.

Las puertas del ascensor se abrieron y Zara esperó mientras abría la puerta y le hacía un gesto con la mano para que lo precediese. El ático era enorme, precioso y moderno. Había supuesto muchas cosas sobre Andres basándose en la decoración del palacio, pero era evidente que no tenía nada que ver con sus gustos personales.

En realidad, él mismo había dicho que prefería vivir

en otros sitios, pero solo en ese momento entendió lo poco que el palacio se parecía a él.

Una de las paredes del ático era enteramente de cristal, con una fabulosa vista de la ciudad a sus pies. Los muebles eran discretos y predominaban el color negro y el cromo. Los suelos eran de gres porcelánico de color negro brillante, tan brillante y tan limpio que podía ver su reflejo. De hecho, si Andres prestase atención probablemente podría ver bajo su falda... y se preguntó si ese sería el propósito.

No era la primera mujer a la que había llevado allí, de eso estaba segura.

—No pareces muy impresionada —comentó él mientras cerraba la puerta.

—No es lo que me esperaba.

—Has puesto mala cara. No te gusta.

—Estaba preguntándome por qué este suelo.

—¿Qué le pasa? —Andres dejó la bolsa de la tarta sobre una mesa situada al lado del sofá.

—Me pregunto si es tan brillante para que puedas... ver bajo el vestido de las mujeres a las que traes aquí.

Él soltó una carcajada.

—No, no es por eso. Aunque me gusta la idea, es un poco retorcida.

—Es pura lógica. Me has hablado de tu reputación.

—Una forma interesante de decir que he sido sincero contigo.

Zara apretó los labios.

—Si tú lo dices.

—No quiero engañarte —Andres se acercó para acariciarle el pómulo con un dedo—. Has estado tan protegida...

—He pasado mucho tiempo apartada de la sociedad, pero eso no borra la tragedia que viví de niña. No borra el dolor. Una vez que entiendes que la gente puede ser perversa no puedes volver a ser el mismo. No tengo experiencia con los hombres o las relaciones, pero he visto lo peor de la gente. Lo peor, lo más horrible. Sin embargo, sigo respirando, sigo en pie. No necesito protección, aunque te lo agradezco, es muy generoso por tu parte.

—Creo que eres la primera persona que me acusa de ser generoso.

—Al menos puedo ser la primera en algo —Zara se acercó para buscar sus labios.

—Pareces celosa.

—Tal vez lo esté.

—Un poco posesiva.

—Probablemente también, pero creo que es razonable que no me guste imaginarte con otras mujeres.

—No, claro que no. Pero ¿por qué has pensado eso?

—Este sitio está claramente diseñado para la seducción.

—Es cierto, no voy a mentirte. Pero es nuevo y aún no he tenido oportunidad de seducir a nadie aquí.

—Ah.

—¿Eso te complace?

Zara agarró su corbata y tiró de ella.

—Sí, me complace mucho.

—Me sorprendes.

—Me sorprendo a mí misma, pero nunca he querido nada tanto como para querer que fuera exclusivamente mío. Tú eres la excepción.

—No suele gustarme cuando las mujeres se vuelven posesivas. Tal vez tú también eres una excepción para mí.

—Me gusta esa idea.

—¿Sabes qué idea me gusta a mí? —Andres dio un paso atrás—. Me gusta la idea de quitarte ese vestido.

Zara miró el bulto marcado bajo el pantalón.

—Pensé que eras un maestro en el arte de la seducción.

—Y lo soy. O eso dicen.

—Estabas desesperado por llegar aquí. Hemos tenido

que venir a toda prisa porque no podías esperar –Zara sonrió mientras echaba una mano hacia atrás para desabrochar la cremallera del vestido–. Pero has seducido a muchas mujeres y creo que yo también me merezco ser seducida.

–Te lavé el pelo, mujer. ¿Eso no fue seductor?

–No, yo quiero más –Zara dejó caer el vestido a sus pies. Debajo solo llevaba el sujetador, las bragas y unos zapatos rojos de tacón. No se sentía avergonzada, todo lo contrario. Se sentía poderosa al ver el brillo de sus ojos, la tensión de su cuerpo. Sabía que la deseaba y al menos en ese momento era suficiente.

Andres se quitó la chaqueta y la tiró sobre el sofá.

–Entiendo. ¿Y qué tengo que hacer para seducirte?

–Quítate la camisa. Despacio.

Él empezó a desabrochar los botones despacio como le había pedido, revelando un retazo de piel morena con cada uno. Zara se mordió los labios para controlar un suspiro cuando tiró la camisa al suelo.

–Ahora el pantalón.

Andres arqueó una oscura ceja mientras se desabrochaba el cinturón. Ella lo miraba como transfigurada. Todo en él era tan imposiblemente sexy... Su torso, su estómago firme, sus brazos, sus manos. Era tan masculino...

–Puedes ir un poco más rápido.

–¿Impaciente?

Sí, lo estaba.

–No demasiado.

–¿Seguro que no te he seducido ya?

–Sigue intentándolo.

Andres sonrió de nuevo, una sonrisa genuina. Era lógico que volviese locas a las mujeres. Seguramente solo tendría que sonreír para seducir a cualquiera y le sorprendería que alguna se resistiera.

Ella, desde luego, no pensaba resistirse.

Se quitó el pantalón y quedó frente a ella con el miembro erguido, duro, grueso y solo para ella.

—Siéntate —dijo Zara—. No discutas —añadió cuando él iba a hacerlo.

Andres se dejó caer en el sofá. Parecía un emperador romano esperando su tributo... y ella tenía un tributo en mente.

Zara empezó a caminar lentamente hacia él, consciente del movimiento de sus caderas, consciente de cómo los ojos de Andres seguían cada uno de sus pasos. Se detuvo frente a él, tomándose un momento para admirar su mentón cuadrado, su boca sensual, el ancho torso, el vello oscuro que cubría su piel.

Luego, despacio, se puso de rodillas frente al sofá, con los labios cerca de la parte más masculina de su cuerpo. Él lo había hecho con ella y había encontrado un inmenso placer, de modo que hacer lo mismo sería agradecido.

Se inclinó hacia delante para examinarlo de cerca, con el corazón acelerado. Estaba deseando sus caricias, pero tendría que esperar. Tendría que ser paciente.

No sabía muy bien por dónde empezar y, pensando que hacerle caso a su instinto sería lo mejor, inclinó la cabeza para deslizar la lengua por su miembro. Se quedó sorprendida cuando él agarró su pelo, sujetándola con fuerza.

—Zara —dijo con voz ronca.

—¿He hecho algo mal?

Él tenía tanta experiencia que tal vez sus esfuerzos eran inútiles.

—No, pero no tienes que...

—Quiero hacerlo.

Andres no soltó su pelo, pero aflojó la presión y Zara volvió a su plan original para saborearlo a placer. Notó que contenía el aliento cuando agarró su miembro para meterlo en su boca y pensó que esa era una buena señal.

Era suave, pero muy duro. Ardiente. No era como se había imaginado.

Disfrutaba de sus gemidos incontrolados de placer, notando que sus muslos empezaban a temblar bajo sus manos, y esa tensión hacía eco dentro de ella.

Pero, de repente, no era suficiente. Necesitaba más. Lo necesitaba todo. Se incorporó lentamente para desnudarse, pero decidió dejarse puestos los zapatos porque le parecía una extraña e ilícita novedad.

Luego se colocó a horcajadas sobre él y Andres tiró de ella para buscar su boca en un beso fiero, incontrolable. Increíble.

Deslizó una mano entre sus piernas para acariciar los húmedos pliegues mientras se metía un pezón en la boca... provocando una explosión de placer tan intensa, tan increíblemente perfecta. Querría preguntarle dónde había aprendido a hacer eso, pero en realidad no quería saberlo. Además, no sería capaz de articular palabra en ese momento.

Andres la levantó entonces para colocarla directamente sobre su erguido miembro.

—Ahora —musitó, apretando los dientes.

Zara fue bajando lentamente hasta quedar empalada en él, disfrutando mientras la llenaba centímetro a centímetro. Cuando estuvo enfundado del todo, se detuvo para disfrutar de la sensación de estar conectada con otra persona, tan cerca como podían estarlo.

Pero no era solo otra persona, era Andres. Y no recordaba la última vez que se había sentido tan segura, tan abrigada. Acaso en el palacio de Tirimia, pero no podía pensar en él sin sentir pánico, dolor, tristeza. Y el campamento nunca había sido su hogar. Nunca habían sido una familia para ella. La habían protegido, pero no era lo mismo. No era algo suyo.

Y no era Petras, ni el palacio. Y tampoco era el ático con los suelos de espejo.

Era él. Andres. Un hogar era el sitio al que siempre se quería volver. Él era el sitio al que quería volver. Siempre. Estuviera donde estuviera, en un castillo o en una cabaña, Andres sería su hogar.

–Yo... ay, Andres.

No pudo decir nada más. No podía articular las palabras que daban vueltas en su cerebro. Y era lo mejor, estaba segura. Dudaba que pudiese decir algo con sentido en ese momento. Ni siquiera ella podía entender sus pensamientos.

Él la sujetó con fuerza, guiando sus movimientos con las manos, pero Zara estableció su propio ritmo, moviendo las caderas adelante y atrás, torturándolos a los dos. Porque era una tortura. Solo quería cerrar los ojos y montarlo con pasión hasta que los dos encontrasen alivio, pero no quería que aquello terminase.

Se sintió gratificada cuando apretó sus caderas, clavando los dedos en su carne con tal fuerza que seguramente dejaría una marca. Esperaba que así fuera. Esperaba llevar la prueba de aquel encuentro cuando hubiese terminado.

Siguió moviéndose y Andres dejó escapar un gruñido salvaje, incontrolado. Como si no pudiera más, como si estuviera desesperado. Siempre estaba haciendo eso, en el pasillo, en la habitación, en el ático. Pero no lo lamentaba.

Le gustaba así, sin control, deseándola como lo deseaba ella. Sin barreras entre los dos. Nada que los separase.

Se sentía en casa. Por fin.

De repente, se vio empujada hacia atrás. Andres la había tumbado en el suelo para colocarse entre sus muslos abiertos. Se sentía clavada al sitio, atrapada bajo su peso. Y le encantaba.

Sus ojos oscuros se clavaron en ella y Zara estaba segura de que podía ver todos sus secretos. Quería que así fuera. Quería que él deshiciese el nudo de miedo e intensas emociones que crecía dentro de ella porque no sabía si podría hacerlo sola. No tenía experiencia y él, en cambio, sí. Tal vez aquello era normal.

No.

Su corazón rechazó ese pensamiento de inmediato, violentamente.

No era como otras veces, estaba segura. Había estado con tantas mujeres, tan a menudo. No podía sentir aquello cada vez o habría terminado consumido.

Eran solo él y solo ella.

El suelo estaba frío, pero daba igual. Lo único importante era que estaba con Andres. Aunque algo en su pecho parecía querer ahogarla, todo era perfecto.

Todo era así con él. Contradiciéndose, complementándose, siendo demasiado y demasiado poco y, sin embargo, perfecto.

El deseo que crecía en su vientre se volvió salvaje. No podía respirar, apenas podía controlar las sensaciones que se extendían por su cuerpo como una descarga eléctrica. Andres empujó por última vez y Zara se dejó ir por fin. Millones de colores explotaron tras sus párpados cerrados mientras el placer lo envolvía todo. El pasado, el futuro, la dureza del suelo, nada importaba. No había nada más que Andres, nada más que los dos. Nada más que aquel placer cegador que experimentaba con él.

Gritó cuando la intensidad del orgasmo la sacudió. Gritó como había hecho tantas veces en el bosque cuando estaba sola, consumida por el dolor y la soledad. Pero aquello era diferente.

Antes gritaba porque estaba sola, porque nadie podía verla.

Pero él estaba allí. Y, sin embargo, se sentía libre.

Y, cuando volvió a la tierra, ya no estaba sola.

Capítulo 10

DÓNDE has estado estos días? Desapareciste durante mi discurso, no creas que no me di cuenta. Andres se detuvo en medio del pasillo, cerrando los ojos y apretando los dientes al escuchar la voz de su hermano mayor.

—He estado en Las Vegas, jugándome las joyas de la corona. Cambié el anillo de pedida de nuestra madre por los servicios de una prostituta. No te preocupes, era muy experta.

—No puedes haber hecho eso porque mi mujer ha oído otra cosa. De no ser así, lo creería.

—He estado en mi ático, con Zara. ¿Crees que estaba en su habitación haciendo un nido durante todo este tiempo? —estaba siendo innecesariamente cruel con su hermano, que seguramente se preocupaba con razón. Pero, por algún motivo, Andres era incapaz de calmar sus miedos.

—Apenas la he visto desde que la puse bajo tu custodia.

—Qué conveniente para ti. Me pasas a la mujer y te lavas las manos. Y confías en mí para que intente domarla.

—¿Y qué tal va eso, por cierto?

Andres pensó en los últimos días con Zara. Apenas habían salido del apartamento, apenas se habían vestido. Se habían comido la tarta que llevaron del restaurante... o más bien la había lamido de su cuerpo.

Se habían vestido mínimamente para recibir la comida que llevaban al ático, pero nada más. Aparte de
eso, prefería que estuvieran desnudos para tener fácil
acceso a Zara todo el tiempo. En la cama, sobre la en-
cimera de la cocina, en la ducha...

Nunca había sido tan insaciable. Aquello no se parecía a nada que hubiese experimentado antes. No tenía
que ver con llenar un vacío, sino con estar con ella. No
era anhelo de compañía en sentido general, solo la de
ella.

Y eso lo hacía sentir... raro. Zara parecía feliz con él.

Le gustaría retenerla a su lado, usarla como tapadera
para ese pozo vacío que había en su alma.

Zara no conocía al mujeriego que había hecho todo
lo posible por destruir la confianza de su hermano en
él. El chico inquieto e incontrolable que había echado a
su madre del palacio. El hombre que no pasaba una
noche solo porque temía a la soledad más que a cualquier monstruo escondido entre las sombras.

—Todo va bien —Andres levantó las manos—. Aún
tengo los diez dedos, así que ningún problema.

—Se supone que es tu prometida. ¿Podrías no hablar
de ella como si fuera un perro rabioso?

—Podría —asintió él, pensando en la mujer pura y
dulce que era—. Pero así es más divertido.

—¿Podrás controlarte cuando anunciemos tu boda en
la fiesta de Nochebuena?

—Te aseguro que Zara y yo hemos encontrado la
forma de entendernos.

Andres no pudo disimular una sonrisa y Kairos
enarcó una ceja.

—¿Ah, sí?

—Sí, así es.

Y cuanto más tiempo estaban juntos y más se enre-
daba ella en su vida, más inquieto se sentía.

Era extraño. Debería alegrarse de no estar solo, pero había algo en aquella situación que lo hacía sentir como si estuvieran ahogándolo. Como si también él estuviese ahogándola a ella.

Y cuanto más profundamente se hundían, más deseaba escapar. Retirarse al castigo de la soledad porque sería la mejor alternativa.

Necesitarla y perderla. O decepcionarla.

—Por favor, dime que no la llevaste a Las Vegas.

—No he estado en Las Vegas, pero nos acostamos juntos y... supongo que debería agradecer que seas fiel a Tabitha, de otro modo sería una gran oportunidad para vengarte.

En ese momento supo que mataría a su hermano si se atreviese a mirar a Zara. A cualquier hombre. ¿Qué le pasaba? Se sentía como partido en dos. Desesperado por retenerla a su lado, desesperado por escapar.

Incapaz de hacer ninguna de esas cosas.

—Yo no te haría eso. No estoy enfadado contigo, creas lo que creas. Bueno, sí lo estoy, pero no te guardo rencor. No me gustó nada lo que ocurrió hace cinco años, evidentemente. Si fuera feliz en mi matrimonio tal vez lo habría olvidado.

—Los árboles de Navidad del salón de baile ya están decorados.

Andres y Kairos se volvieron al oír la tensa voz de Tabitha. Era imposible saber si había escuchado lo que Kairos acababa de decir, pero, a juzgar por el brillo de sus pálidos ojos azules y la falta de color de sus mejillas, así era.

Andres tenía que preguntarse por qué Kairos no era feliz casado con una mujer tan bella. Tabitha era encantadora, no como Zara, que era obstinada e imperiosa.

Por supuesto, eso era lo que le parecía tan fascinante. Tal vez Kairos había querido una mujer como

Francesca, hermosa, impetuosa, salvaje. Capaz de dejar a su marido o de quedarse embarazada del empleado de los establos, pero bellísima e interesante. Pobre Tabitha, nunca sería capaz de competir si eso era lo que su hermano deseaba.

Tabitha era como una muñeca de porcelana que se guardaba en la última estantería para que nadie la tocase, para que nadie la rompiese.

Aunque Andres sospechaba que eso ya la había roto.

–Gracias –dijo Kairos con sequedad–. Iré enseguida. Andres y yo estábamos charlando.

–Entonces, os dejo para que sigáis haciéndolo –Tabitha esbozó una sonrisa antes de darse la vuelta.

–¿Estabas diciendo? –lo animó Andres cuando se quedaron solos de nuevo.

–Nada. Solo que no estoy contra ti, nunca lo he estado. Puedes hacer que tu matrimonio funcione. Especialmente si hay una conexión física entre vosotros. No lo estropees.

–No soy un niño, Kairos.

–Tampoco lo eras cuando te llevaste a mi prometida a la cama.

–Eso es cierto.

–Por una vez en tu vida, escúchame.

Andres escuchaba, pero nunca había servido de nada.

–Es una buena mujer –siguió Kairos–. Es fuerte y leal. Será una buena princesa y una buena esposa.

Lo sería, Andres estaba de acuerdo. Además, deseaba que así fuera. Esos días con ella habían sido diferentes a todo lo que había experimentado antes. Nunca había querido esa conexión con nadie.

Pero Zara... le gustaba cuidar de ella, ser generoso con ella. Eso también era nuevo. El deseo que sentía, tan repentino, tan intenso, de estar con ella lo hacía temblar.

Le recordaba otras veces que había deseado algo de verdad... para estropearlo después.

Como pasaría con Zara.

Intentó apartar de sí ese pensamiento. No tenía más opción que hacerlo bien, pero eso no significaba rendirse a... aquello, aquella emoción que lo ahogaba cada vez que estaban juntos.

Podían hacerlo, se dijo. Podían ser socios, compañeros. No tenía por qué ser de otro modo.

Se lo explicaría. Esa noche, después del baile, le explicaría cómo iba a ser su matrimonio. Una sociedad, sin sentimientos, nada tan inestable, tan poderoso.

Un compromiso, una decisión, algo que él pudiese controlar porque había demostrado una y otra vez que no podía confiar en su corazón.

Tomó aire mientras miraba a Kairos.

—Si me disculpas, mi prometida está esperando. Y no está enfadada conmigo.

—Dale tiempo. Oye, Andres...

—¿Qué?

—Si te marchas durante mi discurso esta noche, no me hará ninguna gracia.

—Entonces, haz que sea interesante.

Esa noche, Zara llevaba el vestido rosa. Sí, esa cosa vaporosa que parecía flotar a su alrededor. Tenía el pelo oscuro recogido en un elegante moño y una tiara sobre la cabeza.

Era extraño y, sin embargo, familiar al mismo tiempo. Aquella había sido su vida una vez. Fiestas, preciosos vestidos, tiaras. Había sido la princesa en el palacio de Tirimia, pero solo había experimentado la distancia de la realeza, sus peligros, y ninguno de sus beneficios.

Aquello era diferente. Esa noche estaría con toda la

familia real, sería parte de algo. Esa noche, Kairos anunciaría que Andres y ella iban a casarse después del servicio religioso de Navidad, en la vieja iglesia de la ciudad.

Le habían hecho un precioso vestido de novia que brillaba como la nieve que caía sobre Petras. Era de encaje blanco, con perlitas y piedrecitas bordadas por todas partes.

No podía imaginarse llevar nada más bello mientras se convertía en la esposa de Andres. Y eso era lo único que importaba porque se había dado cuenta de algo durante los últimos días en el ático.

Lo amaba.

No tenía experiencia en el amor, desde luego. Ni siquiera recordaba lo que era sentirse querida o querer a su propia familia, pero por eso sabía que lo era. Se imaginaba que una persona apreciaba más la comida cuando la recibía estando hambrienta. Que cada bocado sabría mejor.

Y lo sabía. Sabía que aquello era lo que había estado esperando toda su vida. Era su hogar, su destino, el cumplimiento de una promesa hecha desde su nacimiento. Y mucho más.

Su primera excursión fuera del bosque. Su primera conexión humana en tanto tiempo.

Se volvió y vio a Andres a su lado, guapísimo con un esmoquin y corbata de lazo blanca. Estaba recién afeitado, su pelo oscuro apartado de la frente. Tenía un aspecto menos desenfadado de lo habitual, pero tan devastadoramente sexy como siempre.

Estar con él era más terapéutico que el tiempo y la distancia. Estar con él la había obligado a entender que, aunque el clan había sido distante, también lo había sido ella.

Solo cuando conoció a Andres se atrevió a confiar y a entregarse del todo.

–¿Estás preparada?

Iba a ser su marido. De verdad era suyo. La idea hacía que se marease y no recordaba haberse mareado en toda su vida.

–Sí, estoy preparada.

–Esta será una gran fiesta y el servicio religioso de mañana aún más. Espero que estés preparada.

–No sé si es posible estar preparada por un evento de tal magnitud, pero no voy a esconderme bajo la mesa.

–Me alegro. Aunque debo decir que no estaba particularmente preocupado por eso –Andres le ofreció su mano y ella la tomó, sintiendo una descarga eléctrica desde los dedos hasta el corazón cuando se tocaron–. Pero tendremos que bailar.

–Estoy lista cuando tú lo estés.

Andres sonrió.

–Yo siempre estoy listo.

Sonriendo con picardía, Zara puso una mano sobre el bulto que se marcaba bajo el pantalón.

–Lo sé.

Él dejó escapar un gruñido de protesta.

–No puedes hacer eso, tenemos que irnos. Kairos se enfadará si llegamos tarde.

–Supongo que no está bien enfadar a un rey. Especialmente si está a punto de convertirse en mi cuñado.

–Buen consejo –Andres le dio un beso en la mejilla y luego la tomó del brazo para dirigirse a la puerta–. Un consejo que me gustaría poder desdeñar.

–Pobre Andres, obligado a comportarse.

–Veremos cuánto dura –su tono era burlón, pero no tan cargado de humor como antes. Había algo extraño, algo que Zara no podía identificar–. ¿Piensas roer los huesos del pollo?

Andres sonrió con expresión traviesa y Zara se vio obligada a admitir que tal vez se estaba imaginando cosas.

–Nunca se sabe.

Atravesaron juntos el palacio, los miembros del personal se apartaban a su paso. La entrada había sido decorada con grandes ramas de muérdago que colgaban en las balaustradas y las paredes. Cientos de lucecitas blancas asomaban por entre las ramas de los árboles, dándole a todo un brillo especial y maravilloso.

Zara no recordaba la última vez que había visto un árbol de Navidad. En el clan no se celebraba de la misma forma porque no formaba parte de sus tradiciones. Sí celebraban la Navidad en el palacio de Tirimia, pero nunca había querido recordarlo porque se le rompía el corazón.

–Es mágico.

Andres parecía estar conteniendo la risa.

–Me alegro mucho de que te guste.

–Mis padres hacían fiestas navideñas en el palacio de Tirimia, pero yo no podía participar porque era demasiado pequeña.

–Bueno, ya no eres pequeña.

–No.

–Vamos dentro. El salón de baile está precioso.

Como si necesitase ánimos, pensó Zara. El salón de baile estaba precioso, desde luego, con árboles navideños alrededor de la pista de baile y mesas entre ellos. Había una red de lucecitas blancas sobre los invitados, era como si hubiesen capturado un copo de nieve.

–Es precioso, realmente precioso –Zara sonrió–. Suena un poco tonto, como si no fuera suficiente, pero no sé qué decir.

–Eso es lo que me pasa a mí cuando intento hacerte un cumplido.

Su expresión era tan seria que la emocionó, pero no quería hacerse ilusiones.

Andres se movía entre la gente saludando a todo el

mundo. Recibieron muchas felicitaciones porque, aunque el anuncio aún no se había formalizado, todos los que estaban allí sabían que iban a casarse. La gente no conocía las circunstancias de su compromiso, por supuesto, pero seguramente eso ya daba igual.

—¿Nos sentamos? —preguntó Andres.

Zara dejó que la llevase a una mesa al final del salón, desde donde podían ver a todo el mundo. Kairos, Tabitha y un grupo de gente a la que no conocía estaban ya sentados.

—Diplomáticos, políticos. Será una mesa muy aburrida —le advirtió Andres.

—Nos las arreglaremos.

—Esta será tu vida a partir de ahora, este tipo de fiestas, este tipo de compañía.

—Bueno, pero tú estarás a mi lado, así que lo demás no importa.

Andres se echó hacia atrás, con el ceño fruncido.

—No deberías contar con que yo sea una de las ventajas.

—Hemos estado juntos esta semana y creo que tienes muchas ventajas.

—Tal vez mi cuerpo tenga alguna ventaja, pero como ser humano dejo mucho que desear.

—Aún no he visto esos defectos de los que hablas.

Él no dijo nada y eso la molestó. Se había olvidado de todo estando sola con él, pero una vez de vuelta en el palacio Andres parecía diferente.

Se sentó a su lado, con Tabitha a su derecha. La reina estaba muy callada, evitando mirar a su marido, y Zara se preguntó si aquel sería su destino. La relación entre ellos era tan tensa que la ponía nerviosa. Estaba convencida de que lo que había entre Andres y ella era diferente, pero en el palacio se cerraba de nuevo y eso la asustaba.

La cena fue maravillosa, pero sus compañeros de mesa charlaban sobre cosas que no entendía y se volvió hacia Tabitha intentando entablar conversación.

–¿Te ha gustado la cena? –seguramente era absurdo preguntarle eso a la reina, que habría planeado o al menos aprobado el menú, pero no tenía costumbre de hablar con otras mujeres. No había tenido muchas amigas en su vida. Andres era lo más parecido y, desde luego, no era una mujer.

Le gustaría ser amiga de Tabitha y eso era algo que estaba a su alcance gracias a su matrimonio con Andres.

–Sí, mucho –respondió Tabitha.

–Todo está precioso. Hacía muchos años que no celebraba la Navidad, pero creo que nunca había visto algo así.

No había querido recordar porque era doloroso. Algo más que añadir a ese vacío de su corazón. Otra cosa que añoraba de su infancia y nunca podría recuperar.

–Confieso que a mí estas fiestas me estresan –dijo Tabitha. Y Zara notó que miraba de reojo a Kairos–. Demasiados actos oficiales, demasiadas sonrisas forzadas.

Aunque no parecía capaz de sonreír en ese momento.

–Lo entiendo. Aunque a mí nadie me ha prestado nunca demasiada atención, me imagino que a partir de ahora será diferente.

–¿Y eso no te perturba?

–Cuando estoy con él, no –Zara notó que se ruborizaba.

Tabitha arqueó una ceja.

–¿Andres?

–Sí, claro. Él siempre parece estar cómodo en cualquier situación.

—Entonces, ¿las cosas van bien entre vosotros?

Podría estar equivocada, pero el tono de la reina no parecía precisamente complacido.

—Sí, mucho. Es muy bueno conmigo, me trata muy bien...

—Entiendo —la interrumpió Tabitha.

Andres eligió ese momento para inclinarse hacia ella y decirle al oído:

—La pista de baile empieza a llenarse. ¿Quieres bailar?

—Sí, claro.

Zara agradecía poder escapar. Había hecho algo mal, estaba segura. Y no le sorprendía porque no tenía experiencia. Se movía a ciegas, con la esperanza de que todo saliera bien porque era feliz. Pero, por supuesto, Tabitha tenía amigas y se sentía segura en el palacio, en su sitio. Que ella quisiera desesperadamente hacerse su amiga no significaba que fuese correspondida.

En fin, todo aquello era tan complicado...

Andres tomó su mano para llevarla a la pista de baile y, una vez allí, Zara hundió la cara en su pecho.

—¿Qué ocurre?

—Creo que he metido la pata con Tabitha.

—Tabitha puede ser difícil a veces. Es un poco fría.

—Creo que le molesta que nuestra relación vaya bien.

Andres frunció el ceño y Zara se asustó. ¿Él no pensaba que su relación iba bien?

Había tantas incertidumbres... Nunca se había sentido tan insegura. Había estado sola en el clan, pero sabía dónde estaba. Todo el mundo era amable con ella y, aunque el protocolo indicaba que debían mantener las distancias, la gente decía lo que pensaba.

—Creo que está en una posición difícil con Kairos ahora mismo.

Fue un alivio escuchar eso. No se había imaginado

que Andres tuviese nada con Tabitha, por supuesto, pero el amor la estaba volviendo loca y en aquel sitio todo el mundo fingía. Así era como todos se portaban en el palacio, así era como hacía las cosas aquella familia.

No lo entendía, pero tendría que hacerlo. Tendría que encontrar la forma de entenderlos si iba a casarse con Andres. Lo amaba y, por lo tanto, tendría que relacionarse con Tabitha y Kairos. No había sobrevivido al asalto del palacio de Tirimia, a la muerte de sus familiares y a la soledad para mostrarse débil y asustada. Ella era fuerte.

Cuando era necesario. Y en ese momento no necesitaba serlo. Estando entre sus brazos podía apoyarse en él y era maravilloso porque no había podido apoyarse en nadie desde niña. Los dos juntos serían más fuertes y aguantarían cualquier tempestad.

Esa convicción era tan fuerte que no podía seguir ignorándola.

—Andres, tengo que decirte algo.

—No habrás tirado tu cena a un tiesto, ¿verdad? —le preguntó él, burlón.

—No, nada de eso. Solo quería decirte... que estoy deseando casarme contigo mañana.

Sintió que se ponía tenso.

—Eso está bien porque, sientas lo que sientas, serás mi esposa a partir de mañana.

—Lo sé, pero creo que deberías saber que quiero ser tu esposa, que me siento feliz a tu lado. Quiero ser parte de esto, de tu familia. Quiero tener hijos contigo, quiero estar contigo.

Él se apartó ligeramente.

—¿Por qué dices eso? —le preguntó con expresión seria.

—Estos días que hemos estado juntos lo han cambiado todo. Me imagino que tú debes de sentir lo mismo.

–Nos acostamos juntos, si te refieres a eso.

–No, es algo más.

–Puede que lo sea para ti, *agape*, pero no lo es para mí. Yo soy un hombre acostumbrado a tener muchas amantes y todo esto es algo normal para mí.

Había algo raro en su tono. No parecía él. Esas palabras no sonaban reales. Ella conocía a Andres, sabía cómo le brillaban los ojos cuando estaba pasándolo bien, cuándo sus sonrisas eran sinceras y cuándo forzadas. Aquella era forzada. Estaba intentando enfadarla y no podía entender por qué.

–Lo que hay entre nosotros es diferente –insistió–. Sé que es así. No es solo sexo.

Andres esbozó una sonrisa irónica.

–¿La virgen cree saber que esto es algo más que sexo?

–Como tú mismo dijiste, ya no soy siquiera casi virgen.

Él se rio, pero fue un sonido amargo, doloroso.

–Puede que dijera eso, pero emocionalmente sigues siendo más parecida a una virgen que a una sirena.

–¿Por qué haces esto?

–No estoy haciendo nada, yo soy así. Fui sincero contigo desde el principio, Zara. Tú sabes qué clase de hombre soy, la clase de hombre que se acuesta con la prometida de su hermano unos días antes de la boda. Fue culpa mía que Kairos tuviese que casarse con una mujer a la que apenas conocía y a la que no amaba.

–Pero...

–La mala relación entre Kairos y Tabitha, la tensión, el dolor, todo eso es culpa mía. No deberían haberse casado, pero yo lo estropeé todo entre Kairos y Francesca, así que aquí estamos. Aquí estás tú, por mi culpa.

–Pero yo soy feliz aquí. Te quiero, Andres.

No sabía qué la había poseído para hacer tal admisión. Y, sin embargo, no había podido guardársela. Lo amaba y quería que lo supiera.

¿Creería Andres que alguien podía amarlo? No, seguramente no, porque él no se quería a sí mismo. Por eso le decía lo perverso que era, por eso siempre intentaba darle a entender que no había nada bueno en él.

No podía quererse a sí mismo, pero ella lo haría por él.

Aquel era su destino, más que ser una princesa, más que estar destinada a una vida palaciega y al matrimonio con un príncipe. Estaba destinada a ser una mujer que amaba a un hombre sobre todas las cosas.

No era para huir de la soledad, no iba a utilizarlo para llenar un vacío. Era mucho más que eso.

Si su vida hubiera estado llena de amor, si hubiera crecido en el palacio con sus padres y su hermano, seguiría necesitándolo. Seguiría faltándole algo sin él. Su destino no era el palacio o el cargo. Era él.

—Te quiero —repitió.

La segunda vez pareció sacarlo del trance en el que estaba.

—No.

—¿Qué?

—Ya me has oído, Zara. No puedes amarme.

—Sí puedo y te amo. No es algo que uno pueda decidir o controlar.

—Es imposible, tal vez sufras el síndrome de Estocolmo, no lo sé, pero no puedes amarme. Te has visto forzada a estar conmigo, forzada a este matrimonio.

—No me he visto forzada a meterme en tu cama.

—De nuevo, Alteza, se trata de sexo. No tiene nada que ver con el amor. Nada que ver con una conexión emocional.

—Para mí sí.

–¿Por qué? –preguntó Andres con la voz quebrada–. ¿Por qué me quieres?

Zara sabía que su respuesta era importante, esencial. Que tenía el poder de curar o destruir.

Cerró los ojos, apartando de su mente a la gente que había a su alrededor, apartando los árboles de Navidad, las luces, los villancicos que tocaba un cuarteto de cuerda para que solo quedase él. Ellos.

No estaba sola. Ya no. Y ya no tenía miedo.

–Yo perdí a mis padres, a mi hermano, me quedé sola y a veces temía morir de pena. Temía que el agujero de mi pecho un día se haría tan grande que me tragaría y no quedaría nada de mí. Había gente a mi alrededor, pero nadie me tocaba, nadie me quería. Llevo años hambrienta de amor. Hambrienta de ti. No tiene nada que ver con el sexo, aunque lo disfruto muchísimo. Pero es algo más y tiene que ver con que somos iguales, Andres. Mi alma reconoce a la tuya y cuando te conocí me encontré con esa otra parte de mí misma.

Andres soltó un bufido.

–No somos la misma persona. Tú eres una inocente de un bosque encantado, yo soy un hombre sin corazón, el hombre contra el que las madres advierten a sus hijas, el que hace que los maridos teman por el honor de sus esposas. Soy un cínico y he cometido todo tipo de pecados. Dime, ¿cómo puedes pensar que somos iguales?

–Porque estamos solos.

Andres dejó de moverse. La música seguía sonando, pero ellos estaban inmóviles en el centro del salón.

–Nunca he estado solo en mi vida. Nací en un palacio lleno de gente, tuve niñeras, amigos en el colegio. Nunca me he ido a la cama solo a menos que decidiese hacerlo. He estado en más fiestas en un año que cualquier otro hombre en toda su vida. Incluso cuando me encerraban en mi habitación, mientras mis padres acudían a las cenas oficiales, estaba rodeado de gente que atendía todos mis caprichos.

—Eso es supervivencia, Andres. No amor. Tú mismo me dijiste eso.

—No, te equivocas, yo nunca he estado solo como tú.

—¿Por qué te castigas a ti mismo? Eso es lo que haces, castigarte quedándote solo. ¿Por qué huiste de mí la primera vez que hicimos el amor? Porque sabes, como yo, que estar solo es lo más aterrador. Lo sabes porque llevas solo toda tu vida —Zara estaba convencida, absolutamente segura de lo que decía—. Estás solo, tan solo como lo he estado yo. Pero en lugar de irte al bosque a gritar, te entierras en algún vicio. Has intentado creer que no estabas solo porque estabas rodeado de gente que te ayudaba a creerlo. Yo no tenía esa opción, así que tuve que aceptar mi soledad y aprender a entenderla. Te has mentido a ti mismo, Andres. Estás dolido y nadie te conoce. Nadie se da cuenta.

—Me conocen innumerables mujeres en el sentido bíblico, y me imagino que esa es una buena forma de conocer a alguien.

—Deja ese aire de cinismo conmigo. Actúas como si nada ni nadie pudiese afectarte, como si nada te importase, pero es mentira. Lo sé porque lo he visto. No he leído nada sobre tu pasado, pero no me hace falta. Todo lo que sé sobre lo malo que has sido ha salido de tus labios, pero no lo creo. No necesito la opinión de nadie sobre ti porque te conozco. Eres una buena persona, quieres a tu hermano, aunque cometieses un error. Amas a tu país. Si no fuera así, no estarías dispuesto a enmendar tus errores. Eres leal, obstinado, un poco malvado cuando te enfadas, pero solo porque intentas protegerte a ti mismo. Has sido generoso conmigo. Como amante, como amigo. Me has tratado con todo cuidado. Eres una buena persona, Andres. ¿Quiénes son los que escriben cosas sobre ti? ¿Por qué te importa? Deja que mi opinión sea suficiente. Créela. Si no puedes creer en nadie más, cree en mí.

—Solo me conoces desde hace unas semanas, *agape*. Tristemente, tu opinión sobre mí se ha formado cuando estaba portándome mejor que nunca, así que no tiene mucho peso.

—¿Te has portado mejor que nunca conmigo?

—Sí –respondió él, con los dientes apretados.

—Muy bien, entonces pórtate siempre así. Si puedes hacerlo, sigue haciéndolo.

—Terminará tarde o temprano. Siempre es así.

—No tiene por qué. Vamos a casarnos mañana y mañana empieza el resto de nuestras vidas. Es algo nuevo para los dos. Hagámoslo nuevo, empecemos de nuevo. Empieza de nuevo conmigo.

—Necesito una copa –Andres la soltó para alejarse de la pista de baile, dejándola sola, con el corazón latiéndole aceleradamente en el pecho.

Lo había estropeado. No entendía cómo o por qué, solo sabía que así era. Habría dado cualquier cosa por oírle decir que la quería. Había pensado que sentía lo mismo que ella.

Tal vez estar sola era mejor en muchos sentidos. Si estuviera sola no tendría que enfrentarse a aquel dolor. Pero se sentía como si estuviera derrumbándose.

En ese momento estaban sirviendo el postre en la mesa que Andres y ella habían abandonado y decidió volver a sentarse.

Le daría un tiempo y luego, cuando se hubiera calmado, iría a buscarlo.

Andres no podía respirar. No podía pensar. Zara no podía amarlo, era imposible. Durante un segundo había querido creer que era verdad. Una mujer que lo adorase, que pensara que era una buena persona. Qué increíble sería. Tristemente, fracasaría al final porque siempre era así. Él era así. Era lo que hacía. Echaba a la gente, los desesperaba. Intentaría no defraudar a Kairos y, a partir del día siguiente y durante toda la eternidad, estaría esperando que esa espada de Damocles cayera sobre su cabeza para destruir todo lo que Zara y él habían construido.

Tal vez no sería aquel año ni el próximo. Tal vez no hasta que tuvieran hijos. Hijos que también lo querrían, que dependerían de él como él había dependido de sus padres.

Hijos que no se merecía. Una mujer que no se merecería nunca.

Lo estropearía todo y mientras esperaba el golpe se volvería loco. Sabiendo que llegaría tarde o temprano, pero sin saber cuándo.

Era un hombre débil. Su espíritu estaba tan corrupto que nunca podría ser el hombre que Zara se merecía.

Él no era Kairos, que dejaba a un lado su felicidad y sus objetivos personales para servir a su país casándose con una mujer a la que no amaba. Él no podría ser tan noble. Nunca había sido capaz de retener el amor de nadie, ni siquiera el de sus padres. Su comportamiento lo había estropeado todo al final. No tenía control, nunca lo había tenido.

Las últimas semanas habían sido un juego. Había disfrutado como nunca, desde luego, pero tenía que terminar.

Tenía que demostrarle a Zara que no era el hombre que ella creía porque eso sería mejor que destruirlo todo después de la boda. Mejor en ese momento que en unos años, para que supiera cómo iba a terminar, para que supiera qué esperar.

Tenían que casarse, no había discusión. Pero no podía dejar que lo amase.

Se detuvo en la puerta del salón de baile, mirando alrededor. Y entonces la vio, una mujer rubia con un vestido rojo que apenas podía contener sus curvas. Era exactamente la clase de mujer a la que habría seducido en el pasado. La clase de mujer que habría elegido para pasar un par de horas de placer cuando empezase a aburrirse en una fiesta.

Y, por primera vez en muchos años, recordó esa última fiesta de Navidad. Su madre le había dado otra oportunidad. Había permitido que bajase al comedor.

Estaban sentados a la mesa como una familia, fingiendo ante el mundo estar unidos. Y ese día Andres estaba enfadado. Enfadado por los años que había pasado encerrado en su habitación. Enfadado por intentar complacer a alguien que lo quería, pero ante quien fracasaba una y otra vez sin que pudiese evitarlo.

Había elegido fracasar aquel día. A propósito. Había tirado su plato al suelo, rompiéndolo en mil pedazos, y había hecho llorar a su madre otra vez, consiguiendo lo que hubiera sido inevitable: fracasar. Pero lo había hecho a propósito en lugar de intentarlo y fracasar sin querer.

Y entonces su madre se había ido. Que Dios lo ayudase, había sido un alivio para él porque después de eso no tenía que seguir intentándolo.

Cuando levantó la mirada vio a su prometida sentada a la mesa, con postura tensa, probando el postre mientras intentaba prestar atención a la conversación que tenía lugar a su alrededor. No era su sitio. Su pobre Zara no tenía las maneras distinguidas de alguien educado en un palacio.

Era única. Únicamente suya.

No podía dejar de mirarla. La piel pálida, el pelo oscuro y ese vestido rosa que le daba el aspecto de un hada del bosque.

Pero él no era la clase de hombre que se merecía un cuento de hadas.

Andres dio un paso adelante y luego otro en dirección a la rubia. Hacia la tentación.

No iba a esperar para estropearlo todo. Se dirigía hacia el fracaso por voluntad propia.

Capítulo 11

ZARA no había visto a Andres en los últimos quince minutos. Tal vez había salido del salón cuando no estaba mirando porque no había vuelto a verlo. Sabía que no estaba allí, pero de repente notó un cambio.

Podría parecer ridículo, pero podía sentir su presencia, esa conexión que compartían. Tal vez les ocurría a todos los enamorados.

Aunque cuando tú eras el único enamorado quizá no era lo mismo.

Estaba sentada a la mesa en completo silencio, intentando disimular su angustia y seguramente fracasando en el empeño. Tomó aire ante de levantarse, decidida a buscarlo. No se le daba bien esperar sentada y no le gustaban los juegos. Iba a forzarlo a enfrentarse a la realidad, a discutir el asunto. Porque había mentido, estaba segura.

Sentía algo por ella, por lo que compartían. Sabía que era así.

Atravesó el salón, asombrada cuando la gente se apartó a su paso como hacían con Andres. Ya era parte del palacio. Era uno de ellos.

Pero no se sentía feliz. Era muy difícil ser feliz cuando le habían aplastado el corazón. Otro descubrimiento. Aunque uno lógico.

Salió del salón y se encontró en el pasillo en el que Andres y ella habían hecho el amor por primera vez. No sabía qué la había llevado allí, pero tenía que ser por alguna razón. Era allí donde habría ido, estaba segura.

Se dirigió hacia la alcoba donde había encontrado la pasión por primera vez y entonces oyó voces y un frufrú de tela. Aguzó el oído, con el corazón encogido de miedo, pero siguió adelante. Porque tenía que hacerlo. Porque Andres estaba allí.

Dio un paso y luego otro en dirección a la alcoba. Y, cuando dobló la esquina, todo se derrumbó.

Era Andres. Con una mujer. Una rubia que llevaba un brillante vestido rojo, una mancha escarlata en contraste con el traje negro de Andres. Estaba abrazándola, besándola.

Un grito escapó de su garganta y se cubrió la boca con la mano. La rubia dio un respingo, como si se hubiera quemado, y Andres levantó la cabeza en un gesto perezoso, lacónico, enarcando una ceja.

–Zara –pronunció su nombre como si no estuviera sorprendido. Como si no lo lamentase–. No te esperaba.

–Evidentemente –dijo ella, con la voz vibrando de rabia.

–Estaba un poco aburrido en la fiesta.

–¿Eso es lo que haces cuando te aburres en una fiesta? ¿Venir aquí para fornicar contra la pared?

–No te pongas dramática. No estaba haciendo nada... aún.

La rubia carraspeó con expresión irritada.

–Yo no quiero dramas. Solo quería un poco de diversión con el príncipe.

–Pues lo siento –dijo Zara, que no lo sentía en absoluto–. Este príncipe viene acompañado de mucho drama. Y ese drama soy yo.

–Me voy –la mujer se apartó y, cuando pasó a su lado, Zara vio que se le había corrido el carmín de los labios.

Se había equivocado. Creía que su corazón estaba roto, pero aún quedaban unas piezas para ser aplastadas bajo el tacón de aguja de otra mujer.

Era culpa de Andres, no suya.

Eso era aún peor.

Pero no le daría la satisfacción de ver lo disgustada que estaba y esperó hasta que la rubia desapareció por el pasillo.

–Me has mentido –dijo luego con voz temblorosa. Sentía como si fuera a desmayarse por el esfuerzo que había hecho para poder articular esa frase.

–Eso es lo que hago siempre, ya te lo dije. Solo soy un mujeriego egoísta. Y lo siento, pero en situaciones como esta vuelvo a ser quien soy. No era mi intención hacerte daño.

–¡Mentiras! –la exclamación salió de su garganta con un ímpetu letal. De repente, había recuperado las fuerzas. Mientras él estaba ahí, mirándola con expresión vacía, como si no acabase de romperle el corazón, había encontrado fuerzas para hacerle frente–. Solo querías hacerme daño –añadió, colérica.

–Siempre dejo cadáveres a mi paso, soy así.

–No eres así, es lo que has decidido hacer.

–¿Hay alguna diferencia?

Zara dio un paso adelante, sintiéndose fiera, valiente. No tenía nada que perder. Si Andres lo había sido todo, entonces ya no quedaba nada que proteger porque todo había muerto.

–Una gran diferencia. No es que estés a merced de tu instinto, es que quieres hacer esto. Y no puedes culpar a nadie más que a ti mismo.

–¿No puedo culpar a la madre que me abandonó o al padre que nunca creyó en mí? –preguntó él, en un tono suave, demasiado suave.

Cuando ella lo quería desgarrado.

–No, ellos no te hicieron como eres, eso lo has hecho tú mismo. Hablas de ello como si fuera parte de una leyenda, una divertida anécdota para contar cuando te conviene, para poner distancia entre ti mismo y tu acusador. Podría disculparte diciendo que no eres más que un niño deseando que su madre vuelva para abrazarlo, pero no pienso hacerlo –Zara tenía que hacer un esfuerzo sobrehumano para hablar–. No me das pena porque, aunque la deserción de tu madre debió de dolerte mucho, tú te has hecho estas heridas a ti mismo desde entonces. No es culpa suya, no puedes seguir culpándola.

–Claro que puedo.

–Vives en un infierno que tú mismo has creado. No puedes aceptar que alguien quiera quedarse contigo, así que intentas apartar a cualquiera que se atreva a amarte. ¿Por qué? ¿Porque una mujer no te quiso?

–La única mujer que debería haberme querido sencillamente por ser su hijo se negó a hacerlo. Y no solo ella, mi padre también.

–¿Y eso significa que no mereces amor? ¿Significa que debes demostrar que todos los que nos atrevemos a quererte estamos locos? ¿Por qué insistes en llevarte una pistola a la cabeza?

–Sé quién soy, sencillamente. No tiene sentido intentar convertirme en algo que no soy.

–¿Quién dice que no? He estado contigo esta última semana y eres lo que yo quiero. O lo eras. Hasta que te has atrevido a tocar a otra mujer cuando me juraste que no lo harías –el dolor era tan insoportable que Zara temía no poder seguir–. Dijiste que yo sería la única.

–Sí, y lo decía de verdad, pero las cosas cambian. Así son las cosas conmigo. No cumplo mi palabra, nunca lo he hecho.

–Eres un mentiroso.

–¡No! –rugió Andres–. Es más que eso. Al final, lo arruinaba todo a propósito.

–¿Qué?

–Le prometí a mi madre que me comportaría en la cena de Nochebuena, que podía dejarme salir de mi habitación. Había cometido tantos errores en esos años que no podía tomar parte en ningún acto oficial. No podía permanecer sentado, no era capaz de obedecer. Era malísimo, estropeaba todo lo que tocaba. Mi madre lamentaba mi existencia, Zara. Deberían haber parado después de tener a Kairos, ella misma me lo dijo. Pero la última vez... en esa última cena ni siquiera lo intenté. Rompí un plato a propósito porque estaba furioso con ella. Y cuando se marchó me alegré porque no tendría que volver a esforzarme para nada.

–Andres...

–Lo intenté durante años, pero no servía de nada. Así que dejé de intentarlo. Hice todo lo posible por defraudar a los demás hasta que ya no había redención posible. Ese es el hombre que soy ahora, el que se deja llevar por los vicios sin pensar en nada más. Me alegré de perder a mi madre porque eso significaba que no quedaba nadie para quien intentarlo siquiera. Podía hundirme en la más profunda depravación. Cásate mañana conmigo si quieres, pero yo nunca te querré. Y nunca podrás estar segura de mi fidelidad. ¿Cómo vas a estarlo cuando yo no lo estoy? ¿Cuando jamás intentaré siquiera resistirme a mis deseos? No lo hice por mi madre y no voy a hacerlo por ti.

–Yo estoy atrapada igual que tú. Dijiste que no tenía más opción que casarme contigo y ahora que me has obligado a quererte me dices que no puede haber nada entre nosotros.

–No seas boba, claro que puede haber algo. Pero no puedes tener derechos exclusivos sobre mí.

–Entonces no quiero casarme contigo.

—Tendrás tu libertad, Zara. Me aseguraré de que la tengas, de que tengas todo lo que necesites. Mantendremos las apariencias...

—No.

—Serás mi mujer, pero no tienes que vivir conmigo y no tienes que quererme.

—Entonces no seré tu mujer.

Andres apretó los dientes con expresión fiera.

—Se lo prometí a Kairos.

—Tú no cumples ninguna promesa, ¿no? Tú mismo has dicho que no puedes redimirte, así que esto debería gustarte. Me has traicionado, pero no voy a dejar que te rías de mí.

—¿No te fuiste cuando te entregaron a mí como regalo, como un objeto, pero te irás ahora por orgullo?

—Sí —respondió Zara—. Porque ahora soy una mujer diferente a la que era cuando llegué. Entonces tenía miedo. Temía que, si me iba de palacio, si me iba de tu lado, me moriría de hambre y de frío. Temía dejar que nadie se acercase porque perderlo podría matarme, pero ahora sé que no es verdad. Soy más fuerte que eso. Me iré y me buscaré la vida porque puedo hacerlo. Puedo cambiar, puedo aprender. Me he demostrado eso a mí misma y no voy a quedarme aquí para soportar esta... humillación, este dolor —Zara apretó los puños—. Me gustaba mucho apoyarme en ti, Andres, pero soy capaz de defenderme sola.

—Vamos a casarnos mañana —dijo él como si no hubiera hablado—. Mi hermano va a anunciarlo esta noche.

—Deberías haber pensado en eso antes de traicionarme. Yo no perdono, Andres.

Al parecer, era vengativa. Algo que también era nuevo para ella. Claro que ningún otro hombre le había roto el corazón.

–No te perdonaré por lo que has hecho. Lo que ocurra cuando yo no aparezca en la iglesia es tu problema.

Zara se alejó, el repiqueteo de sus tacones sobre el suelo de mármol hacía eco en el silencioso pasillo.

Vio las puertas abiertas del palacio y se preparó para soportar el golpe de frío. Estaba nevando y una gruesa capa de nieve cubría el suelo, pero siguió adelante, abrazándose a sí misma, pasando las manos por sus brazos helados. Podía ver su aliento y notó algo húmedo y frío en las mejillas.

Estaba llorando. Las lágrimas rodaban por su cara, dejando un rastro helado. Se levantó la falda del vestido y empezó a correr sobre la nieve tan rápido como le era posible. Resbaló y cayó un par de veces, pero siguió adelante, con el vestido flotando a su alrededor. Se detuvo cuando no le quedaba aliento, dejando que el frío se metiese en su piel, calándola hasta los huesos.

Estaba temblando, pero el frío no era nada comparado con el dolor que sentía en el pecho, con la interminable oscuridad que amenazaba con destruirla.

Sabía que tenía que seguir corriendo. No podía quedarse allí y dejarse morir en la nieve. Aunque, por un momento, le pareció tentador.

No, no se dejaría morir. No se escondería del dolor. No podía tener a Andres, pero no se sometería a esa humillación y era lo bastante fuerte como para reclamar eso al menos.

Había sufrido demasiado en la vida. La muerte de sus padres aún le dolía, pero sabía que se podía sobrevivir al dolor.

Y sobreviviría estando sola.

Se dirigió hacia el garaje, donde sabía que encontraría al chófer que los había llevado por toda la ciudad en las últimas semanas.

Lo vio de pie al lado del coche, esperando.

—¿Alteza?

—Necesito que me lleve a la ciudad. Tengo que ver a Julia Shuler. ¿Puede ayudarme a encontrarla?

No era buena idea estar borracho el día de su boda. Demonios, probablemente no era buena idea estar borracho el día de Navidad, pero no había sido capaz de encontrar a Zara después de su pelea la noche anterior, así que había entrado en la biblioteca en busca del whisky que lo ayudaría a olvidar.

Zara iría a la iglesia, estaba seguro. Había cometido un terrible error la noche anterior, también lo sabía. Había ido demasiado lejos al utilizar a aquella mujer para herir a Zara, para abrirle los ojos.

Había sentido repulsión al besarla. No deseaba a aquella mujer. Era preciosa, y, sin embargo, no la deseaba. No quería besarla, no quería tocarla.

Y cuando Zara apareció...

Nunca en toda su vida había lamentado algo de tal forma. Ni siquiera cuando tuvo que enfrentarse con las fotografías de Francesca y él en la cama.

Pero era demasiado tarde. Había intentado justificar sus actos, aunque sabía que no tenían justificación. Quería decepcionarla lo antes posible. Había querido que lo odiase para no tener que seguir esforzándose, para que no se sorprendiera cuando le dijese adiós.

Pero no había contado con el brillo de dolor de sus ojos. Su madre nunca había vuelto a verlo después de ese último día. Sencillamente, se había ido. Su padre lo había tratado con ira, Kairos con la paciencia de siempre, diciendo que eran hermanos y nada rompería ese lazo.

Zara había dejado claro que el lazo entre ellos estaba roto para siempre. Le había hablado con rabia, como había hecho su padre, pero era una rabia justa porque había esperado que fuese mejor persona. De verdad lo esperaba.

Se dio cuenta entonces de que sus padres nunca habían esperado nada de él.

Los había decepcionado a propósito porque eso era lo que esperaban y nada más. Zara era la única que había esperado algo mejor de él.

La única que había creído en él.

«Quiere cosas de ti que no puedes darle. Estás mejor sin ella. Mejor sin todo esto».

Kairos, vestido de esmoquin, bajó los escalones de la iglesia para reunirse con él.

—¿Dónde está la novia? La ceremonia debería empezar en unos minutos.

—Me imagino que vendrá.

—¿Qué has hecho?

—Nada fuera de lo normal.

—Entonces, algo terrible —dijo Kairos.

Andres dejó escapar una risotada amarga.

—Da igual. No tiene dónde ir, así que vendrá.

—Eres un loco —el tono implacable de su hermano le sorprendió—. He visto cómo tirabas tu vida por la borda durante todos estos años, pero pensé que habías aprendido la lección. Pensé que no perderías esta oportunidad.

—¿A qué te refieres? ¿A un matrimonio forzado?

—Ella te quiere —la voz de Kairos vibraba de ira—. ¿Es que no te has dado cuenta?

Andres tragó saliva, con la pena como una espada clavándose en su corazón.

—Lo sé.

Pero ya no lo querría. Ya no, de eso estaba seguro.

—¿Y aun así la has traicionado? —su hermano sacudió la cabeza—. Encuentras a una mujer que te mira como lo hace ella... ¿y lo echas todo a perder?

–Preocúpate del fracaso de tu matrimonio y déjame en paz.

Kairos dio un paso adelante y lo agarró por las solapas del esmoquin, empujándolo contra la pared.

–No hables de mi matrimonio. No sabes el terreno que pisas.

–¿Pero tú te sientes libre para darme consejos?

–Sí, porque si mi mujer me mirase como Zara te mira a ti...

–¿Qué? ¿Harías todo lo posible para que dejase de hacerlo?

–Tabitha y yo no estamos enamorados. Nunca lo hemos estado, pero no estamos hablando de mí. No soy yo quien debería casarse en cinco minutos. Hay cientos de invitados esperando a la novia.

–Zara vendrá.

–Eso espero –Kairos se dio la vuelta para entrar en la iglesia, dejando a Andres solo, esperando.

Pero Zara no apareció. La nieve empezó a caer con más fuerza y la temperatura descendió a medida que pasaba el día. Andres se imaginó que la gente se habría ido de la iglesia por otra puerta, dejándolo solo allí, en el jardín que bordeaba el cementerio y el bosque.

Tomó aire, pero, en lugar de refrescarlo, el aire helado le provocó un dolor en el pecho que le impedía respirar.

Y aun así, esperó, aunque sabía que no iba a aparecer.

Lo había hecho. Había puesto a prueba sus sentimientos por él y la había perdido.

«¿No era eso lo que querías?».

Eso había pensado. Había creído que sería un alivio verse libre de ella, de sus expectativas, aunque no de su presencia.

Pero no sentía alivio alguno. Se sentía... desolado.

Como debía sentirse un hombre decidido a destruirse. Era él quien había infligido el daño. Era demasiado tarde y solo podía esperar allí, cargando con las consecuencias de lo que había hecho. Consecuencias que se había buscado, consecuencias que no deseaba.

«Vives en un infierno que tú mismo has creado».

Zara le había dicho eso y tenía razón. Había hecho que quisiera intentarlo. Lo había hecho pensar que era posible tener una vida, un amor, un matrimonio.

En algunos momentos había podido imaginarse con ella para siempre. Había soñado con tener hijos y había visto a Zara mirándolo con amor en los ojos cada día. Pero cuanto más lo deseaba, más aterrador se volvía ese deseo. Los sueños más hermosos solían convertirse en los peores demonios.

Así que había intentado exorcizar ese demonio antes de que lo hundiese, pero lo lamentaba. Y era demasiado tarde.

Con ese exorcismo debería haber llegado la libertad, pero Andres sabía que solo lo había atado más, que lo había empujado de forma irremediable hacia la perdición.

El dolor de su pecho era abrumador. No podía hablar, apenas era capaz de respirar. Antes lo había remediado con alcohol, con mujeres, rodeándose de gente para convencerse a sí mismo de que no estaba desesperada, aterradoramente solo.

Para poder creer que no era el niño encerrado en su habitación.

Por primera vez en mucho tiempo abrió su corazón para sentir. Para sentirlo de verdad. Era el monstruo de debajo de la cama, el que había querido creer que no estaba ahí. Lo había enterrado, ignorado, se había reído de él. Pero en ese momento iba a consumirlo y no podía hacer nada. No podía pararlo.

Entendió entonces que había dejado una parte de sí

mismo encerrada para que nadie pudiese hacerle daño, para que no pudiesen rechazarlo.

Se aflojó el nudo de la corbata mientras daba un paso hacia el bosque. No podía respirar. Tal vez era la corbata, tal vez el cuello de la camisa. Se desabrochó el primer botón, luego el siguiente. Seguía sin poder respirar; tenía un nudo en la garganta, como el nudo de una soga al que no podía llegar, y estaba ahogándolo.

Dio otro paso para alejarse de la iglesia, luego otro, sin mirar atrás. Se dirigió hacia los árboles, hacia la soledad. Sentía que debía abrazarla, experimentar aquel momento de sinceridad. El primer momento de sinceridad de toda su vida.

Siguió caminando y el cielo iba oscureciéndose a medida que se adentraba entre los árboles.

Siempre había corrido hacia la gente en momentos como aquel. Cuando el vacío dentro de su pecho se volvía insoportable se dejaba tragar por la gente, pero allí no podía hacer nada más que dejar que el vacío se ampliase. Admitir que Zara tenía razón.

Se había alegrado cuando su madre se marchó porque eso significaba que no tenía que seguir intentándolo. No habría más dolor, no más fracasos.

Pero Kairos también hacía demandas y, aunque había intentado librarse de él, no había funcionado. Y él siempre había creído que era tan malvado como decía su madre.

Depravado. Un error.

Seguía siendo el niño encerrado en su habitación, alejado de todos. Por muchas mujeres que tocase, por muchas fiestas a las que fuera... nadie lograba conectar con él.

Hasta que apareció Zara.

Y la había traicionado. Estaba solo otra vez y no había forma de negarlo, de ocultarlo.

Cada año de soledad le pesaba en ese momento como una gran ola que lo empujaba. Y esa ola amenazaba con sofocarlo si no aliviaba la presión de alguna forma.

«Podrías adentrarte en el bosque y gritar para sentirte mejor».

Más palabras sabias de Zara. No era más que una mujer diminuta que había sido criada por nómadas y, sin embargo, se lo había enseñado todo.

Pero estaba donde se había encontrado Zara años atrás. Dolido, solo, muriéndose por dentro y sin forma de curarse.

No tenía nada que perder, ninguna imagen que mantener. Lo habían dejado plantado en el altar delante de todo el país. La única mujer a la que había amado en toda su vida lo había dejado, y él era el responsable, era culpa suya.

Su miedo lo había destruido todo porque había dejado que creciese dentro de él, sin identificarlo, ignorándolo. Había querido creer que no existía y, como una enfermedad maligna, había echado raíces. Y él había permitido que así fuera. Había querido convencerse de que su alivio por la marcha de su madre lo convertía en un monstruo. Un error.

Sencillamente, tenía miedo. Admitir eso era lo más difícil. Admitir que era débil.

Se había imaginado que era invulnerable. Mientras creyese eso no temería nada. Si creía que nada le importaba debía de ser cierto. Pero era mentira. Siempre había sido mentira. El cariño por su madre y su desdén por él se habían convertido en una carga insoportable. Si no le hubiese importado no sería tan pesada.

Había fracasado una vez más y quería gritar como hacía Zara cuando se adentraba sola en el bosque.

«¿Te sentías mejor?».

«No, pero al menos podía respirar».

Hacer eso hubiera sido imposible unas horas antes porque estaba profundamente encerrado en sí mismo, pero gritar al vacío podría liberarlo. Dejar que ese niño sin control, que había querido y había fracasado, lo intentase de nuevo.

Había enterrado a ese niño que se equivocaba una y otra vez sin encontrar consuelo y se había convertido en un hombre que no sentía nada. Un hombre que se había quedado paralizado cuando le ofrecieron el mundo.

Un hombre que no podía respirar.

Andres intentó llenarse los pulmones de oxígeno. Y entonces empezó a gritar. Sin palabras, gritando su dolor, obligándolo a salir de su cuerpo, haciendo hueco para poder respirar de nuevo. Quería librarse del miedo, de todo lo que se había puesto en su camino.

Había destrozado su vida y ya no podía culpar a nadie más que a sí mismo, el hombre que siempre mantenía a los demás a distancia, el que intentaba demostrar que el amor que le ofrecían era falso. Había puesto a prueba a su madre y ella había fracasado. Y él se había alegrado porque su amor era una carga muy pesada.

Gritó de nuevo, el sonido vibró áspero y crudo en medio del silencio. Pero, cuando terminó, descubrió que podía respirar de nuevo. Y solo por un momento sintió como si Zara estuviese a su lado.

Quería tenerla a su lado. Se dio cuenta de eso con cegadora claridad mientras el sonido de sus gritos se convertía en un eco lejano. Quería tenerla a su lado para que ninguno de los dos volviese a estar solo. Zara podría tener el futuro que quisiera, no tenía por qué vivir con él.

Pero se lo pediría. Le suplicaría si tenía que hacerlo.

Había cerrado su corazón para que nadie le importase, para no necesitar a nadie por miedo a fracasar. Y también podría fracasar en aquel empeño, pero le daba igual. La quería para siempre y Zara se merecía cualquier riesgo.

Le abriría su corazón, se lo arrancaría para enseñárselo si fuera necesario.

Pero no la dejaría irse sin pelear. Ya estaba roto, no había nada que proteger. Y sin ella jamás podría reunir las piezas. No sabía si podría salvarse, pero sí sabía una cosa con toda seguridad: su amor no era una pesada carga, sino algo ligero, hermoso.

Y lo bastante poderoso como para sacarlo del infierno.

A Zara le dolía todo, por dentro y por fuera. Era un fardo de dolor envuelto en una honda tristeza bajo la manta de la que nunca querría salir. Por supuesto, no podía quedarse para siempre bajo la manta, en el cuarto de invitados de Julia. Por conveniente que fuera.

Aquel era el día de su boda, pero no había ido a la iglesia. Y también era su primer día de Navidad en mucho tiempo, pero habría más Navidades. Siempre sería así. Las habría cada año, estuviera ella en disposición de celebrarlas o no.

Pero su boda con Andres solo podría tener lugar aquel día. La oferta no se presentaría de nuevo.

«Te ha traicionado».

Sí, la había traicionado.

Zara luchó contra la vocecita interior que le decía que la había traicionado por miedo, que había intentado apartarla porque las cosas eran demasiado intensas entre ellos. Que estaba haciendo lo mismo que le había hecho a Kairos, poniéndola a prueba, poniendo a prueba su amor.

Bueno, aunque fuese cierto, no iba a dejar que se saliese con la suya. No iba a aceptar lo que le ofrecía.

Andres tendría que amarla y aceptar que lo amaba o no podría haber nada entre ellos.

Estaba cansada de estar sola y estaría sola aunque durmiesen en la misma cama. Si Andres no le entregaba su corazón no estarían juntos de verdad. Él había perfeccionado el arte de estar solo en una habitación llena de gente y Zara no iba a permitir que hiciese lo mismo con ella.

Ella quería algo diferente, quería ser amada. Quería estar cerca de él, no solo piel, con piel sino alma con alma. Después de una vida entera de soledad, no creía que eso fuese pedir demasiado.

Nunca estaría completa sin él, pero encontraría algo. Estaba decidida. En el palacio había encontrado algo que la llenaba y no dejaría que el miedo lo echase todo a perder.

Eran más de las doce y debería levantarse de la cama. Julia, que había ido a visitar a su familia, le había dicho que podía quedarse en la casa. Su respuesta había sido volver a la cama en cuanto ella se marchó.

Pero sentía que, por fin, tenía una amiga. Según Julia, había puestos vacantes para enseñar a niños a leer y no exigían ningún título académico. Podría formarse a medida que trabajaba y eso la emocionaba.

Había estado preparada para ocupar su puesto como princesa, con Andres a su lado, pero sin él volvía a ser quien había sido antes, solo Zara.

No, no solo Zara. Era Zara Stoica, y ya no estaba escondiéndose. Haría lo que tuviese que hacer, con los recursos que fuese adquiriendo. Empezaría en el colegio, pero tal vez algún día haría algo más, algo que pudiese beneficiar a niños como ella. Niños sin madre, sin un hogar.

Pensar eso hacía que le doliese el estómago. Era posible que fuese a tener un hijo de Andres, pero por supuesto ninguno de los dos había hablado de ello cuando se marchó por la noche. Ni siquiera quería pensarlo.

Pero aunque tuviese a su hijo, no tenían por qué estar juntos. Ya encontrarían alguna solución.

Zara sintió que el miedo permeaba su piel como una capa de hielo. Andres era un príncipe, un hombre muy poderoso. Si estaba embarazada, seguramente querría quitarle a su hijo.

«Ya cruzarás ese puente cuando llegues a él».

Faltaba una semana más o menos para estar segura y se preocuparía de ello entonces.

Oyó un golpecito en la puerta e instintivamente se envolvió en las mantas, levantando las rodillas hasta el pecho y haciéndose un ovillo.

Volvieron a llamar, pero no iba a abrir la puerta, por supuesto.

Oyó una voz al otro lado, aunque no podía entender lo que decía. El tono era duro, seco, masculino. Y Zara se encontró respondiendo instintivamente, levantándose y poniendo ambos pies en el suelo.

Antes de saber lo que estaba haciendo se dirigía a la puerta. Sabía quién era antes de abrir y ser recibida por un rostro familiar.

Algo dentro de ella había sabido que era él. Seguía conectada con Andres, aunque le había roto el corazón. Aunque estaba furiosa y dolida. Aunque lo había dejado plantado ante el altar. Sabía que siempre lo estaría. Por muy lejos que se fuera, por mucha independencia que tuviese, jamás lo olvidaría, nunca podría dejarlo atrás del todo.

Le horrorizaba esa revelación, pero, por otro lado, le encantaba porque no quería dejarlo ir. Era tonto, absurdo.

–¿Qué haces aquí? –le espetó.

Antes de que pudiese reaccionar, Andres la tomó por la

cintura y la atrajo hacia él para aplastar su boca con la
suya. La besaba con una pasión desenfrenada, poniéndolo
todo en ese beso, y ella reconoció la diferencia. Reconoció
la traición de la noche anterior por lo que había sido.

Y se apartó.

—¿Cómo pudiste hacerme eso a mí, a los dos?

—Porque soy un cobarde —respondió él—. Y un loco.
Soy todo aquello de lo que quieras acusarme y lo siento
mucho, Zara —añadió, apartándole el pelo de la cara—.
Lo siento tanto...

—Sentirlo no hace que cambie nada. La tocaste, la
besaste... intentabas hacerme daño y lo conseguiste.

—Estaba tan empeñado en destruirme a mí mismo
que no quise pensar que también te destruiría a ti. Iba a
decirte que podríamos ser compañeros, socios, que no
habría sentimientos entre nosotros porque... temía querer más. Y entonces tú dijiste que me querías.

—Andres...

—No creía que me amases lo suficiente, Zara. No porque pensara que estabas mintiendo, sino porque nunca
he creído que nadie pudiese quererme de verdad. En
cierto modo, pensé que no te haría tanto daño. Pensé
que... te liberaría. Pero no voy a fingir que era solo por ti,
ni siquiera voy a fingir que pensé en ti. Pensaba solo en
mí mismo, en el dolor que quería ahorrarme. En los lar-
gos años viendo cómo el brillo de tus ojos iría disminu-
yendo poco a poco porque te había forzado a querer a
alguien que no se merece ser querido.

—Eso no es verdad.

—Entiendo que las travesuras de un niño no deberían
hacer que una madre lo abandonase, lo entiendo. Pero
eso no cambia que... no lamenté que mi madre se fuera.
Resultaba más fácil pensar que todo era culpa mía.

—Ella te lo puso muy difícil. Eras un niño, Andres. Entiendo que te sintieras aliviado.

—Por eso siempre he puesto a prueba a la gente —prosiguió él—. A Kairos, a ti. Para ver si podía librarme de vosotros como me libré de mi madre. Pero mi hermano es cabezota y no me lo permite. Y tú... lo siento tanto, Zara. No deberías quedarte conmigo después de lo que hice. No me merezco tu lealtad.

Ella parpadeó rápidamente.

—Yo sé lo que es perder a un ser querido porque perdí a mi familia. No fue decisión suya, pero los perdí igual. Sé lo que es temerle al dolor. Esa es en parte la razón por la que nadie se acercaba a mí en el clan, porque yo no podía soportar la idea de encariñarme con alguien y perderlo. Tú hiciste que te amase y ayer sentí como si estuviera reviviendo la pesadilla otra vez, pero soy más fuerte por haberte amado y, pase lo que pase en el futuro, eso no me lo puede quitar nadie. Da igual lo que ocurra, siempre habrá merecido la pena.

—¿Aunque tengas que vivir el resto de tu vida conmigo?

A Zara se le aceleró el corazón durante un segundo.

—No puedo hacer eso.

—¿Por qué no?

—Que me desees no es suficiente. Que te cases conmigo no es suficiente. Yo necesito...

—Te quiero —la interrumpió él, con una intensidad que la sorprendió—. Te quiero, Zara. No le he dicho eso a nadie en más años de los que puedo recordar. No quería admitir que necesitaba desesperadamente que alguien me quisiera desde que mi madre se marchó.

—Tu madre...

—Deseaba que me quisiera, pero siempre estuvo fuera de mi alcance. Mejor que se fuera, me decía a mí mismo. Y me odiaba por ello, pero era más fácil que admitir que... necesitaba querer a alguien y que alguien me quisiera de verdad. Que me desgarraba no poder ser lo que ella quería que fuese. Era más fácil dejar de intentarlo que seguir fracasando, pero admito todo eso ahora porque me da miedo la vida sin ti. No podría soportarlo.

—Me quieres —repitió Zara.

—Con todo mi corazón —Andres la abrazó, con los ojos clavados en los de ella—. Te quiero casi desde el momento en que te vi, pero no podía admitirlo. ¿Crees que les lavo el pelo a todas las mujeres que conozco?

—Me imagino que no.

—Nunca —Andres buscó sus labios—. ¿Te imaginas que me siento cautivado a menudo por pequeñas criaturas que viven en madrigueras?

—Yo no soy una criatura.

—Si lo fueras, serías la criatura a la que amo. Tú querías conocerme de verdad, no al hombre que fingía ser. No me permitías ser falso contigo. Por eso eras tan peligrosa para mí, por eso intenté apartarte... por eso te aparté. Pero mientras estaba en la puerta de la iglesia, pensando que no ibas a ir, quería dar marcha atrás. Nunca me he arrepentido tanto de nada en toda mi vida. Ni cuando mi madre se marchó ni después, cuando traicioné a mi hermano. Perderte a ti era algo a lo que no podría sobrevivir.

—Andres —Zara buscó sus labios y en ese beso puso todas las palabras que no podía pronunciar, todos los sentimientos que no podía identificar. Todo lo que quería que entendiese.

Cuando se separaron, los dos estaban sin aliento.

—Cásate conmigo —dijo Andres entonces—. No porque tengas que hacerlo, no porque yo tenga que hacerlo, sino porque quieres. Y porque yo estaría perdido sin ti.

—Sí —dijo Zara con voz estrangulada—. Claro que sí.

—Eres el mejor regalo de Navidad que podría haber recibido, pero no quiero que seas mía solo porque yo te amo. Como me fuiste entregada, yo me entrego a ti.

—Y yo te acepto —musitó ella—. No podría pedir nada mejor. Te quiero, Andres. Ahora y para siempre. Si pudiese elegir entre todas las posibilidades del mundo, te seguiría eligiendo a ti.

—Y yo a ti.

—Pero espero que este no sea mi único regalo de Navidad.

—¿Ah, no? ¿Qué más quieres?

—Estaba pensando en una cesta de frutas.

Andres soltó una carcajada auténtica, perfecta y todo lo que Zara quería.

—Eso se puede arreglar. Aunque podría ser demasiado tarde para que nos casemos con todo el país presente, aún podemos tener una boda en Navidad.

Epílogo

ZARA llevaba el pelo suelto y salvaje, y el viento lo hacía volar alrededor de su cara. Se había puesto polvo de oro en la frente y bajo los ojos, como era la tradición. La familia y algunos amigos íntimos estaban allí, pero Zara y Andres solo tenían ojos el uno para el otro.

Había caído la noche cuando la princesa Zara, en esos momentos ya la princesa de Petras, atravesó el patio con un vestido de encaje blanco que brillaba como la nieve, en dirección al novio.

La luz se filtraba por las vidrieras de la iglesia, coloreando la nieve. Los copos caían suavemente sobre el pelo de Andres, sobre la chaqueta de su esmoquin.

Todo estaba en silencio, pero no estaban solos. Nunca volverían a estar solos. Incluso cuando estuvieran separados llevarían su amor por el otro en el corazón para hacerles compañía.

El sacerdote dio comienzo al servicio religioso y Zara cerró los ojos un momento.

—Princesa Zara Stoica, ¿quieres entregarte a este hombre?

Ella puso la palma de la mano en su mejilla para que la mirase a los ojos.

—Sí, quiero. Me entrego a él por voluntad propia para amarlo durante el resto de mi vida.

—Y tú, príncipe Andres Demetriou, ¿quieres entregarte a esta mujer?

–Sí, quiero –la voz de Andres sonaba sospechosa-
mente ronca–. Me entrego a ella, no por sentido del
deber hacia mi hermano o mi país, aunque los quiero a
los dos. Me entrego a ti, Zara, porque te amo. Ahora y
para siempre.

–Entonces, os declaro marido y mujer –anunció el
sacerdote.

Andres no esperó permiso para tomar a la novia entre
sus brazos y besarla. Nunca se le había dado bien esperar
que le dieran permiso para nada, pero Zara lo consideraba uno de sus encantos. Uno de sus muchos encantos.

Cuando se separaron, Zara sonrió.

–Cuando era una niña perdí mi hogar y a mi familia,
pero hoy tú me has devuelto las dos cosas. Tú eres mi
hogar, tú eres mi familia.

Él cerró los ojos, apoyando la frente en la de ella.

–Y tú eres el mío. Tú eres la mía.

***

**El próximo mes, podrás conocer la historia de Kai-
ros y Tabitha Demetriou en el segundo libro de la
miniserie *Nobles de Petras* titulado:
PROMESA DE DESEO**

Bianca

La atracción que siempre habían sentido el uno por el otro era más poderosa que el sentido del honor

El restaurante de Lara estaba en crisis. Solo un hombre podía ayudarla, su atractivo hermanastro, Wolfe Alexander. Como condición para ayudarla económicamente y con el fin de lograr sus propios objetivos, le impuso que se convirtiera en su esposa.

Sin otra alternativa más que aceptar los términos de Wolfe, Lara pronto se vio inmersa en el mundo de la alta sociedad y en el de la pasión. Pero había un vacío en su vida que solo podía llenar... el amor de su marido.

¿AMOR O DINERO?
HELEN BIANCHIN